文学与物
科普系列

荣海 吴婉绚 著
李小东 绘

宋词

寻芳记

西安出版社

图书在版编目（CIP）数据

宋词寻芳记 / 荣海，吴婉绚著；李小东绘 .
西安：西安出版社 , 2024. 11. -- ISBN 978-7-5541
-7688-7

Ⅰ. I207.23；Q94-49
中国国家版本馆 CIP 数据核字第 2024V5N445 号

宋词寻芳记

SONGCI XUNFANG JI

著　　者	荣　海　吴婉绚
出 版 人	屈炳耀
策划统筹	贺勇华
责任编辑	路　索
印刷统筹	尹　苗
出版发行	西安出版社
社　　址	西安市曲江新区雁南五路 1868 号
	影视演艺大厦 11 层
电　　话	（029）85264255
邮政编码	710061
印　　刷	陕西龙山海天艺术印务有限公司
开　　本	889mm×1194mm　　1/32
印　　张	7.5
字　　数	150 千
版　　次	2024 年 11 月第 1 版
印　　次	2024 年 11 月第 1 次印刷
书　　号	ISBN 978-7-5541-7688-7
定　　价	58.00 元

△ 本书如有缺页、误装，请寄回另换

序言

作为80后的农村孩子,上山下河是童年的日常。当地俗语:"塬上娃,不念书,上树耍水逮老鼠。"我长期混迹于乡间田野,对周边的植物了如指掌,上到高大树木,下到低矮花草,哪些植物可以吃,哪些植物可以玩,哪些植物有剧毒,心里自然都清楚明了。

等我走进学校,学习了许多美好的诗词,感受到它们只是寥寥数语,就写出了关于植物的绝美景致。"碧玉妆成一树高,万条垂下绿丝绦。""接天莲叶无穷碧,映日荷花别样红。""蒹葭苍苍,白露为霜。"一首首诗词,将童年那些看似稀松平常的场景,描绘得无比生动美丽,如同身临其境。

工作之后,接触自然的机会少了,却在人生的成长之中,渐渐理解了那些美景之后,蕴藏着的深切情感。"相思只在,丁香枝上,豆蔻梢头"是浓郁的思念;"梧桐更兼细雨,到黄昏、点点滴滴"是落寞寂寥的苦闷;"流光容易把人抛,红了樱桃,绿了芭蕉"是时光易逝的无可奈何。于是,每次看到这些植物,就不禁想起这些诗句;每次读到这些诗句，也不禁想起这些植物。闲来无事，翻出宋词，读着读着，逐渐走进了词句所描绘的场景，不但理解了那些深情，而且发现我们其实都是词中之人，千百年前的词人，写出的正是我们曾经经历或正在经历的人生。

专业的缘故，我对植物分类知识有些了解，于是尝试着对这些诗词中的植物进行分门别类，考证一下是什么植物，有什么特征用途，更有幸得才女婉绚，解读词句，表情达意，尽可能直白浅显地让读者理解这些词句中的植物意象，以及植物背后蕴含的人类情感。同时，以宋词为引，让大家回到千年前的自然界中，了解词人笔下生动的植物形态，感受这些植物和人类的相处关系。

在漫长的历史长河中，人类和植物的关系密切，古代植物同名不同种、同种不同名等现象交织混杂，有时考证词作中的植物究竟是什么很困难。因此，种类考证和诗词理解只能算是一家之言，不过无论如何，希望在读完这本书后，读者朋友能够对这些植物留有印象，在日常生活中，碰见了这些植物，脑海里会闪现这些美丽的诗词，就足够了。

荣海

2024年9月

目录

豆蔻	为什么女子十三岁称『豆蔻』？	001
蜀葵	夏季开花接力赛	013
芍药	为什么说它『妖无格』？	025
红豆	深情入骨长相思	035
芭蕉	摘一叶，写生活的诗	045
茱萸	为什么重阳节插茱萸？	057

百合	「云裳仙子」仙在哪里？	069
薛荔	枝头长出「小馒头」	081
凌霄	生存必备独特「绝招」	093
杨梅	酸甜之中，愁从何处来？	103
合欢	风吹绒花，心生欢喜	115
石楠	洁白花团，「臭」味刺鼻	127
海棠	春雨里的「绿肥红瘦」	139

蔷薇 "荆棘"丛中娇佳人	151
柘树 树芯里竟然藏"黄金"？	163
榕树 有根的地方就有家	175
梧桐 与凤凰的不解情缘	187
石榴 西域传入的风味	199
杏 盼花期，误花期	209
桃 古老的浪漫与柔情	219

［宋］佚名·垂杨飞絮图（局部）

豆蔻

为什么女子十三岁称『豆蔻』？

眼儿媚　　北宋·王雱

杨柳丝丝弄轻柔，烟缕织成愁。
海棠未雨，梨花先雪，一半春休。
而今往事难重省，归梦绕秦楼。
相思只在，丁香枝上，豆蔻梢头。

古时，人们对女子年龄有许多雅称，这些雅称不仅诗意盎然，更蕴含着丰富的象征意义和文化内涵。

其中有些以首饰为喻，如女子12岁称金钗之年，因为此时她们年华初绽，开始佩戴金钗来装点容颜；到了15岁时则称及笄之年，这标志着她们已步入青春期，可用簪子挽起秀发，待字闺中。

除首饰外，也不乏以花果为喻的。如女子20岁时称桃李年华，此时的她们娇俏如春花；到了24岁时，改称花信年华，此时的她们花期正盛，风华正茂。至于尚未成熟的13岁则称豆蔻之年，寓意此时的她们就如含苞待放的豆蔻花般正值青春。

在许多古诗词中，豆蔻往往代表着青春和美好。正因着这份青春美好更勾出人们对昔日好时光的无限怀念。就像《眼儿媚·杨柳丝丝弄轻柔》一词中所写，词人站在春风里，思绪却已飘回从前：

柳树的枝条在风中轻轻舞动，细细的叶片也随之慢慢摇曳。缭绕的缕缕烟雾在空中编织成一片愁绪。春天已经悄悄过去了一半，海棠花还未被雨水打湿，梨花却已经如雪花一般簌簌落下。

如今回忆起往事，深感往日之事难回头，只留下层层叠叠的归乡梦始终萦绕着眼前的秦楼。"我"的一片相思之情只能寄托在丁香枝上与豆蔻枝头。

这首词以"杨柳"起兴，借杨柳的轻柔之姿，描绘出春日的和煦与柔情。"海棠""梨花"更进一步深化了春日的氛围。不过"未雨""先雪"也隐隐勾勒出了春半、花渐落的情景，从侧面反映出春光的短暂。这也是为什么词人在面对明媚春光时，竟有"烟缕织成愁"之感。紧接着时空一转，词人从眼前春景联想到过往的情感，情绪层层递进，娓娓道出心中伤情。可惜往事如烟似梦，最终他只能将一片真情寄托在"丁香枝上"和"豆蔻梢头"。

提到这首词的作者王雱（páng），或许鲜有人知。然而，一提起他的父亲王安石，想必无人不知、无人不晓。王雱是王安石的长子，字元泽，生于1044年。他的一生似乎一直被病痛缠扰。体弱多病，让他性格孤僻多疑，其妻常年独居于高楼之上，二人过着分居的生活，最终王安石做主将他的妻子改嫁他人。这首《眼儿媚·杨柳丝丝弄轻柔》便是王雱在深深的思念与无奈中，为妻子所作的一首词。

与王雱的《眼儿媚·杨柳丝丝弄轻柔》有着异曲同工之妙，将"豆蔻"视作青春美好象征的诗词，还有杜牧所写的《赠别二首·其一》："娉娉袅袅十三余，豆蔻梢头二月初。春风十里扬州路，卷上珠帘总不如。"公元835年，杜牧调任监察御史，即将离开扬州奔赴长安，与一名歌姬离别时写下这首诗。全诗大致意思是："你身姿轻盈美好，正值十三岁的年华，就像二月豆蔻梢头初生的花朵，春风拂过扬州十里长街，卷起珠帘后多少青春佳丽，都不及你的美丽。"成语"豆蔻年华"也是脱胎于此。

此后，豆蔻这一种原本籍籍无名的植物，出现在许多诗句之中，例如"琵琶弦上语无凭，豆蔻梢头春有信""豆蔻梢头春色浅，新试纱衣，拂袖东风软""豆蔻梢头旧恨，十年梦、屈指堪惊"等。

关于豆蔻是哪种植物的问题，王雱在《眼儿媚·杨柳丝丝弄轻柔》中并未留下什么信息。而杜牧在《赠别二首》中所留的线索也不多：一是时间为农历二月，相当于公历的三月左右；二是地点为扬州城，即今天江苏省扬州市，它在唐朝时期极为繁华。除此之外，再无其他。

纵览文献，在西晋左思的《三都赋·吴都赋》中有载："草则藿蒳豆蔻，姜汇非一。"但无详细介绍。西晋嵇含写的一本记载我国广东、广西等地及越南的植物的书籍——《南方草木状》中的"草类"条目有："豆蔻花，其苗如芦，其叶似姜，其花作穗，嫩叶卷之而生。花微红，穗头深色；叶渐舒，花渐出。"唐代苏敬的《新修本草·卷第十七》亦有记载："豆蔻，苗似山姜，花黄白，苗根及子亦似杜若。"宋代苏颂的《本草图经》中记载了肉豆蔻、白豆蔻两种植物。明代李时珍的《本草纲目》中记载了肉豆蔻、白豆蔻、高良姜（亦称红豆蔻）、豆蔻（亦称草豆蔻）四种植物。《中国药典》（2020版）亦记载了四种，分别为肉豆蔻、豆蔻（原植物为白豆蔻、爪哇白豆蔻）、红豆蔻（原植物为大高良姜）、草豆蔻。

还有一些植物，例如艳山姜，虽然名字中无豆蔻二字，但是形态十分近似，所以也有人认为可能是诗中所指豆蔻。依据《中国植物志》并对文献记载进行梳理，发现疑似诗中豆蔻的植物主要有肉豆蔻、红豆蔻、白豆蔻、草豆蔻及艳山姜。

肉豆蔻，为肉豆蔻科肉豆蔻属常绿小乔木。其种仁是著名的香料和药材，主产于马来西亚、印度尼西亚等地，我国广东、云南等地有少量引种试种，但无生产，均从国外进口。肉豆蔻因"花实皆似豆蔻而无核"得名，最早记载在唐代陈藏器的《本草拾遗》一书中："肉豆蔻生胡国，胡名迦拘勒。大舶来即有，中国无之。"

红豆蔻，为姜科山姜属多年生草本，也叫高良姜。植株高达 2 米；花期在 5~8 月，花序顶生，直立，开绿白色的花；结长圆形的果实，果实成熟时常呈现枣红色。主要分布在广东、广西、云南等省区。

白豆蔻，为姜科豆蔻属多年生草本。茎丛生，株高 3 米；花期为 5 月，花序从茎基部发出，开乳白色的花；果实接近圆球形，为白色或淡黄色，种子有芳香味。原产柬埔寨、泰国，我国云南、广东有少量引种栽培。白豆蔻果实可以作中药使用，做成芳香健胃剂，味辛凉。

草豆蔻，为姜科山姜属多年生草本，也叫豆蔻、海南山姜。

植株高达3米；花期在4~6月，花序顶生，直立，开乳白色的花，唇瓣为黄色，有条纹；成熟的果实像一个金黄色的小圆球。主要分布在广东、广西、海南等省区。

艳山姜，为姜科山姜属多年生草本。株高2~3米；花期在4~6月，花序顶生，下垂，开乳白色、顶端带一点点粉红色的花朵，唇瓣为黄色，有紫红色条纹。果实是卵圆形，成熟时为朱红色。广泛分布于我国东南部至西南部各省区。艳山姜的花极美丽，常栽培于园庭供观赏，根茎和果实可入药。

对这几种疑似植物的基本特性了解后，结合本篇的词作进行逐个排除。

首先，我国不产肉豆蔻，以种仁的形式进口，率先排除。其次，我国亦不产白豆蔻，而且其花序从茎基部发出，与词中"梢头"的描述不相符，此外白豆蔻花期在5月，与词中的农历2月也不相符，可以排除。再者，红豆蔻分布区域偏南，和江苏扬州相距甚远，花期在5~8月也不符。从花色、花型上看，红豆蔻算不上特别出众，感觉不足以用来形容女子美貌，也予以排除。接着，草豆蔻花朵美丽，花期在4~6月，在农历2月时应为含苞待放的状态，符合词中所写，因此许多人都认为草豆蔻就是词中所写的豆蔻，但是从分布区域上考证，草豆蔻分布在广东、广西、海南等中国最南边的沿海地区，只能忍痛排除。最后，就只剩下艳山姜了，从花期、分布区域上看，均符合词中所述，一个"艳"字

艳山姜
草本植物

① 花　② 花序
③ 果实　④ 叶

豆蔻
为什么女子十三岁称"豆蔻"？

007

可知其美丽，足以与女子媲美。

艳山姜名字中虽无豆蔻二字，但是从一些描述中，可以看到它和豆蔻的一些联系。例如，五代李珣的《南乡子·归路近》中写道："归路近，扣舷歌，采真珠处水风多。曲岸小桥山月过，烟深锁，豆蔻花垂千万朵。"词中描述了豆蔻花的状态，即花朵下垂，这和艳山姜的花序形态完全相符。艳山姜的花非常美丽，特别是含苞待放的时候，花苞珠圆玉润，如同一串晶莹的玛瑙，花苞为乳白色，顶部有一点点粉红色，欲开未开，好像少女粉面含春，十分惹人怜爱，看到这种花似乎已经体会到古人赞美十三岁少女时的感受了。

综上所述，这首词中的豆蔻很可能就是艳山姜。当然，这只是在现有资料下的最佳解答，是否正确还需要更深入、更广泛地论证，也不排除交叉混用的情况，或者根本没有准确答案。

中国古代，人们对于植物的认识相对模糊，一个植物名可能对应许多种形态相似的植物。比如，虽然我们考证出王雱《眼儿媚·杨柳丝丝弄轻柔》这首词中的豆蔻是"艳山姜"，但在南宋范成大所写《桂海虞衡志》中可以看到他明确提出了"红豆蔻"的生长特点："红豆蔻花，丛生，叶瘦，如碧芦，春末发。初开花，抽一杆，有大箨（tuò）包之；箨解花现，有一穗十蕊，淡红鲜妍，如桃杏花色。蕊重则下垂如葡萄，又如火齐璎珞及剪彩鸾枝之状。此花无实，不与草豆蔻同种，每蕊心有两瓣相并，词人托兴如比目连理云。"《桂海虞衡志》是记述广南西路（现在的广西地区）风土民俗的著作，而红豆蔻正生长在这个区域。

　　所以，同样叫豆蔻，出现在不同的时期、不同的作品中、不同的区域内，可能也是不同种的植物。但无论是哪种"豆蔻"，在浪漫的古人看来，都是青春少女的代名词，也因为它开花时，"每蕊心有两瓣相并"，这样的植物特征，让古人融入了爱情双方"相思"的美好感情，正如这首词中所写，"相思只在，丁香枝上，豆蔻梢头"。

明星 植物档案

纲目科属

单子叶植物纲 芭蕉目
姜科 山姜属

艳山姜
Alpinia zerumbet

基本特征

草本植物。株高2~3米。叶片披针形,长30~60厘米,宽5~10厘米,顶端渐尖而有一个旋卷的小尖头。圆锥花序呈总状花序式,下垂,长达30厘米,花序轴紫红色,被绒毛,分枝极短。

在每一分枝上有花1~3朵;小苞片椭圆形,长3~3.5厘米,白色,顶端粉红色,蕾时包裹住花;花萼近钟形,长约2厘米,乳白色,顶粉红色,一侧开裂,顶端又齿裂;唇瓣匙状宽卵形,长4~6厘米,顶端皱波状,黄色而有紫红色纹彩。

蒴果卵圆形,直径约2厘米,熟时朱红色。

分布地　我国东南部至西南部各省区。

植物知多少

什么是木本植物、草本植物和藤本植物？

根据植物茎干的质地，可以将植物分为两大类：

▶ 木本植物：茎内木质部发达、木质化组织较多、质地坚硬，均为多年生的植物，可以生长得十分高大，如松树、杨树等乔木，茶树、紫荆等灌木。

草本植物：茎内木质部不发达、木质化组织较少、茎干柔弱，多数植株矮小，可分为一年生、二年生和多年生三类，如本篇中的艳山姜。◀

▶ 藤本植物：无论木本植物或草本植物，凡茎干细长不能直立，匍匐地面或攀附他物而生长的，统称藤本植物，包括牵牛、茑萝等草质藤本和葡萄、紫藤等木质藤本。

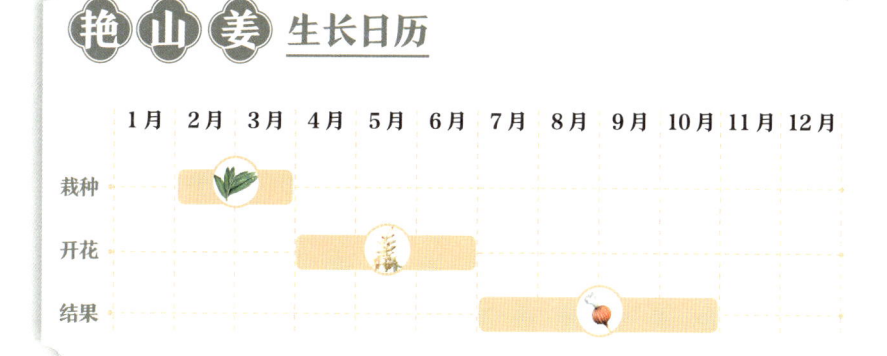

艳山姜 生长日历

	1月	2月	3月	4月	5月	6月	7月	8月	9月	10月	11月	12月
栽种		●										
开花					●							
结果								●				

［宋］钱景·端阳景（局部）

蜀葵

夏季开花接力赛

浣溪沙　　北宋·赵长卿

睡起风帘一派垂。失巢燕子傍人飞。
日长深院委香泥。
绿笋出林翻锦箨，红葵著雨褪胭脂。
微风度竹入轻衣。

夏日漫长，骄阳似火。在这样红火的时节中，植物必是要颜色足够绚丽才能与当空烈日争辉。所以，有诗云"接天莲叶无穷碧，映日荷花别样红"。但夏日之花却不止荷花一种。

还有一种花儿历来备受颂扬。前有南北朝时期南朝宋的文学家颜延之专门写的一首《蜀葵》称其"物淑气丽，卉草之英。渝艳众葩，冠冕群英"，后有明代高启作《葵花》诗云："艳发朱光里，丛依绿荫边。"种种赞誉之词数不胜数。不过它却不是什么娇养的名贵花种，乡下的堂前屋后，矮墙篱笆旁，乃至沟渠、断墙残垣都可能觅得其踪迹。再不然，如赵长卿这首《浣溪沙·初夏》所写，它便默默生长在庭院的某处角落里，任雨打风吹，待人去发现：

"我"悠悠地从睡梦中醒来，睁开惺忪睡眼，只见微风轻拂着轻柔的帘幕。窗外，燕子格外亲人，它们正低低地飞在半空，徘徊着寻找新的巢穴。夏日漫长，举目望去，庭院的剪影被日光拉长，显得格外幽深。院中堆满了落花，风一吹，便有一缕清香溢出。

更远处，林中那翠绿的新笋冒出了头，好似翻开锦绣般的笋箨。火红的葵花经过雨水的洗礼，褪去了一身胭脂，变得清新淡雅。忽然间，一阵清风穿林而来，拂过"我"的衣裳，带来了丝丝凉意。

赵长卿在写这首词时既写出了动态美，如轻轻摇动的帘幕、低飞的燕子等，同时又兼具静态美，如深深院落、翠绿新笋以及带着雨滴的红葵，他用细腻的笔触与生动的比喻，将夏日景象写得清新自然，全然没了闷热躁意，只剩丝丝清凉。

写下这首词的赵长卿或许对普通大众而言声名不显，但《全宋词》收录他的词作共计339首，数量之多让他位列宋朝词人第五。其生平事迹暂无法详考，只知道他原名师栱（gǒng），号仙源居士，是秦王赵德芳一系的皇室子弟，是宋太祖八世孙。从其留存的词作来看，他的词多为咏物，词风婉约，且多有寄托。就如这首《初夏》虽重笔为写景，但也从"红葵著雨褪胭脂"中不难看出他对时光流逝、红颜易老的感慨。那么这里所说的"红葵"到底是什么植物呢？

说起"葵"，多数人首先想到的植物就是向日葵。向日葵为菊科植物，是大家最熟悉的植物之一，它大大的花盘会面向太阳而转动，香喷喷的葵花籽是家家户户桌上常见的零食。但很显然，这里的"葵"并不是指向日葵，因为词中写着红葵，说明这种植物的花是红色的，而向日葵的花朵是金黄色。事实也是如此，向日葵原产北美，在明朝中期才传入我国，人们只是移用了"葵"这种植物的名字为它起了新名字，主要体现它向阳转动的特点。

其实，"葵"这种植物，早在《诗经》中就有记载"七月亨葵及菽"，意思是七月里烹煮葵和菽。"青青园中葵，朝露待日晞；阳春布德泽，万物生光辉。"这是大家十分熟悉的汉代乐府《长歌行》中的诗句,可以看出,在当时人们已经开始在菜园中种植葵了。仔细查阅资料发现,从《诗经》诞生的先秦时代起,直到元代,葵都是我国古代十分重要的蔬菜,有"葵为百菜之王"的美誉,元代以后,随着白菜的日益广泛种植,葵逐渐被替代,最终退出餐桌。

至于葵是什么植物,尽管一直以来众说纷纭,但现在已有了基本公认的答案。在二十世纪七十年代,湖南长沙马王堆发掘了一座大型汉墓,出土的随葬器物清单中写着"葵种五斗布囊一",而在墓中果然找到了一个盛有葵种的麻袋,经湖南农学院鉴定,确认出土麻袋中的葵种是锦葵科植物——冬葵的种子。

冬葵也叫冬寒菜、冬苋菜等,现在仍是许多地方老百姓喜欢吃的蔬菜。它的花很小,白色或略带紫色,看起来并不美观,更不符合人们对观赏花卉的要求,用"红葵""胭脂"等词语来描述它,显然不合适。

在古代,人们把和冬葵形态近似的植物,都称作葵,例如水葵其实是睡莲科植物,菟葵是毛茛科植物,而落葵其实是落葵科植物。尽管从形态上来看,它们确实有几分相似之处,但从现代植物分类学上来看,它们之间关系很远。为了弄清楚红葵到底是什么植物,还得看看那个时代其他描写红葵的诗句,如"绕堤翠柳忘忧草,夹岸红葵安石榴""梅桃结子绿阴浓,饶与葵榴自在红",再如"摇风绿竹初翻箨,过雨红葵甚放花""红葵高花

蜀葵
夏季开花接力赛

① 花枝　② 花　③ 未成熟的果实
④ 成熟果实及分果片

蜀葵
草本植物

017

高以妍，清晨方开夕就蔫"等。通过这些诗句，我们大概知道红葵长这样：植株高大，花朵红艳，和石榴花同在夏季开花，而且花期很短，朝开夕落。

虽然古代植物名字比较混乱，同名异物、同物异名的情况时常出现，但是通过梳理出的形象信息，可以得出这样的结论：红葵大概率指锦葵科植物——蜀葵。

蜀葵，是我国原产的观赏植物，现在世界各国均有栽培，主要用于园艺观赏，之所以以"蜀"为名，是因为它原产我国西南地区，而西南地区曾经有古蜀国，一度被称为蜀地。蜀葵是二年生草本植物，幼苗期叶子像人的手掌，簇生在一起，和冬葵确实有几分相似之处，只是比冬葵要大很多；到了夏季，蜀葵飞快长高，主干笔直，高可达 2 米，花大而多。尽管现在蜀葵花色多样，有红、紫、白、粉红、黄和黑紫等色，还有单瓣、重瓣之分，但在过去以红色居多，因此有一个别名，叫一丈红。通过这些植物性状来看，蜀葵的确很符合词中红葵的形象。

蜀葵在我国的栽培历史超过 2000 年，因植株高大，花色艳丽，成为诗人笔下喜欢的植物之一。岑参就写有《蜀葵花歌》，一作《戎葵花歌》，诗云："昨日一花开，今日一花开。今日花正好，昨日花已老。始知人老不如花，可惜落花君莫扫。人生不得长少年，莫惜床头沽酒钱。请君有钱向酒家，君不见，蜀葵花。"诗人感慨蜀葵花生命短暂，光阴难留，但诗人不知，蜀葵花虽然单

蜀葵
夏季开花接力赛

蜀葵

朵开放时间不长,但这朵落了那朵开,那朵落了这朵开,整个花期可以达到三个月之久。

　　蜀葵同样是画家的心头好。宋代鲁宗贵就画有《蜀葵引蝶》一图,画中蜀葵绿叶如托,红花娇艳,一只粉蝶飞舞入画,十分灵动。元代《画天中华瑞》画轴中,火红的石榴树下,一簇蜀葵花开得正艳。明代陆治的《端阳佳景》画轴中,依然是石榴花盛开,蜀葵两株,一粉一红,惹人怜爱,同时旁边还自题:"葵榴花下自称觞。"原来，画家和诗人一样，喜欢把葵、榴这两种同时开花的植物放在一起。

蜀葵不仅充满了诗情画意，还具有山野的生命力。它的生长并不需要多么肥沃的土壤和娇贵的养护，它常常在房前屋后的角落里，不需要任何照料，就自己旺盛地生长，直到开出一朵朵惊艳的花朵，人们才留意到它的美丽。难怪曾有唐代诗人陈标作《蜀葵》诗感叹道："眼前无奈蜀葵何，浅紫深红数百窠。能共牡丹争几许，得人嫌处只缘多。"

蜀葵还是孩子们童年最好的玩伴之一。夏季，蜀葵开花了，孩子们就把蜀葵的花瓣摘下来，将花瓣基部撕开一点，让花瓣基部露出黏液，然后贴在自己的额头上、鼻梁上、脸蛋上，把蜀葵花当作鸡冠，自己扮演成鸡妈妈的样子，玩得不亦乐乎。蜀葵花也招来了很多蜜蜂，它们在花心里爬来爬去，忙碌地进行采蜜传粉。孩子们趁着蜜蜂不注意，轻轻地把花瓣向中间捏拢，将蜜蜂关在花中，然后把整朵花摘下，放在耳边，就可以听见蜜蜂在里面发出的嗡嗡声。胆大的孩子对蜜蜂不感兴趣，他们的目标是一种体形很大、黑身黄胸的蜂，方言叫作葫芦蜂（一种木蜂）。葫芦蜂数量不多，体型更大，抓起来非常有难度，但当它被关在花中的时候，发出的嗡嗡声很响，因而用蜀葵花抓葫芦蜂就成了孩子们的挑战项目，成功抓到葫芦蜂的孩子脸上总是写满了兴奋和自豪，当然，因此被蜇到手的孩子也不在少数。

蜀葵
夏季开花接力赛

蜀葵的姿色打动的不止中国人，还有远在千山万水之外的西方人。自公元 8 世纪起，蜀葵便经由丝绸之路被引种到西方国家，成为最早被引种至西方的中国原产植物花卉之一。也正是因此，蜀葵素享"丝路之花"的美誉。它的传入对西方国家而言，不仅丰富了当地植物的多样性，也为当地艺术家的艺术创作提供了灵感。譬如，早期的欧洲艺术作品便时常可见蜀葵的影子。如今苏黎世美术馆还藏有著名画家凡·高于 1886 年所绘的画作《花瓶中的蜀葵》。

蜀葵，倔强却又默默无闻的小花，在历经千年风霜后，仍绚烂依旧。它就这样执着生长，最终以其独特魅力，绽放于丝路之上，将自己的美丽与坚韧播撒至世界各地。

宋词寻芳记

明星 植物档案

纲目科属

双子叶植物纲 锦葵目 锦葵科 蜀葵属

基本特征

二年生直立草本，高达2米，茎枝密被刺毛。叶近圆心形，直径6~16厘米，掌状5~7浅裂或波状棱角，叶柄长5~15厘米。

蜀葵

Althaea rosea

花腋生，单生或近簇生，排列成总状花序式，花大，直径6~10厘米，有红、紫、白、粉红、黄和黑紫等色，单瓣或重瓣；雄蕊柱无毛，长约2厘米。

果实为果盘状，直径约2厘米，分果爿（pán）近圆形，多数。

分布地

原产我国西南地区，全国各地广泛栽培，供园林观赏用。

宋词 里的"秘密"

什么是词？

词，也叫诗余、长短句、曲子词等。在魏晋南北朝时期初见雏形，是为了适应唱歌的需要产生的。唐朝始兴，到宋时发展为顶峰，今人皆称词为宋词。

词的用韵、字数、格式等，都由词牌来决定，可以押平声、仄声、入声。所以，词又叫倚声或填词。在古代，词是需要伴着曲调唱的。比如北宋著名的词人柳永，因为经常给烟柳之地的歌女谱的曲子写词，而出名。后参加科举考试屡次失败，写下一首《鹤冲天·黄金榜上》，其中有一句："忍把浮名，换了低酌浅唱。"这首词传到宋真宗眼前，他看了后，十分生气，等柳永再次应考时，御批四字："且去填词。"从此，柳永自嘲"奉旨填词柳三变"。

早期的词以抒情为主，因此，有"诗庄词媚"的说法。在鼎盛时期的宋朝，词开始言志，打破了只是抒情的界限。

蜀葵 生长日历

	1月	2月	3月	4月	5月	6月	7月	8月	9月	10月	11月	12月
栽种			●	●				●	●			
开花						●	●					
结果							●					

［宋］燕文贵·江山楼观图（局部）

芍药

为什么说它"妖无格"?

望海潮　　北宋·晁补之

人间花老,天涯春去,扬州别是风光。
红药万株,佳名千种,天然浩态狂香。
尊贵御衣黄。未便教西洛,独占花王。
困倚东风,汉宫谁敢斗新妆。

年年高会江阳。看家夸绝艳,人诧奇芳。
结蕊当屏,联葩就幄,红遮绿绕华堂。
花面映交相。更秉荀观沩,幽意难忘。
罢酒风亭,梦魂惊恐在仙乡。

宋词寻芳记

说起来，人间娇花实在太多。论高洁，有"出淤泥而不染，濯清涟而不妖"的莲；论富贵，有"花开花落二十日，一城之人皆若狂"的牡丹；论芬芳，又有"何须浅碧深红色，自是花中第一流"的桂花……群芳争奇，自然是各花入各眼。只是无论如何也不能忘了"花相"芍药，它的风姿绝不止一句"倚竹佳人翠袖长，天寒犹著薄罗裳"能概括。正如苏轼评价"扬州芍药为天下冠"，真想领略芍药风采，不妨随这首《望海潮》共赴扬州芍药盛会：

春天渐行渐远，人间的花逐渐开始凋零。唯独扬州别有一番光景，独揽殿春风骚。在这里，万株芍药齐放，千种美名相传。每一株芍药都未经雕琢，尽显妖娆狂放仙姿，将整座扬州城笼罩在浓郁的芬芳之中。尤其那尊贵如明黄御衣的芍药更是艳压群芳，绽放出独一份的光彩，丝毫不亚于西洛的牡丹之王。它们倚着东风，宛如汉宫的佳丽，又有谁敢与她们争艳？

扬州每年都办芍药盛会，家家户户争相展示、夸耀自己家芍药的绝色，叫游人目不暇接、惊叹连连。看，那花瓣如屏，花影连幄，红绿相映，将芍药盛会的华堂装点得如梦如幻。"我"穿梭于百花之中，举目望见有情人于交相辉映的芳菲间手持兰花相会，更为花会添上几分幽趣。

风亭之中举杯邀春共饮，花海如仙境，令人流连忘返，只怕连梦魂都丢在这仙乡之中。

这首词的题注是"扬州芍药会作"，可以看出这是词人观赏了扬州芍药会后的纪念之作。词的开篇强调了此时已是"人间花老",为整首词奠定了芳菲尽的基调,然后用一句"扬州别是风光"在暮春花老的大背景下吸足了人们的眼球,并由此句生发出对芍药的花姿与香气的盛赞。等到下阕,词人才终于将目光聚焦于芍药宴会之上。在这场盛会中,来来往往的游人和恩爱缠绵的有情人都成了芍药花的陪衬。

芍药,也称红药、离草、将离、婪尾春、余容、没骨花等,是毛茛科芍药属的多年生草本植物。其根粗壮,植株高40~70厘米,花在五六月份开放,数朵生于茎顶和叶腋,直径约10厘米。野生芍药主要分布于我国东北、华北、陕西及甘肃南部,喜欢生长在山坡、草地及林下,目前广泛栽培供药用或观赏,观赏用的芍药花型更加多样,既有单瓣的,也有重瓣的,花色以红色、粉色和白色居多。

芍药在我国的栽培历史十分悠久。宋代郑樵的《通志》记载,"芍药著于三代之际,风雅所流咏也",宋代虞汝明的《古琴疏》亦记载,"帝相元年……令武罗伯植芍药于后苑","三代"指夏、商、周三朝,"帝相"指夏朝第五位君主。从这些文献可知,芍药人工栽培历史之悠久。

关于芍药名称的由来,明代李时珍的《本草纲目》有所记载。李时珍认为,芍药之名是"绰约"的谐音,因其花朵美丽绰约而得名,而对于"制食之毒,莫良于芍,故得药名"的说法,李时珍认为也说得通。

《诗经·郑风·溱洧》有诗句:"维士与女,伊其相谑,赠之以勺药。"描述了青年男女相互嬉戏、赠送芍药的情景,也许正是受此影响,芍药成为古人交往的信物。古人常相互赠送芍药,表达结情之约或惜别之情,因此芍药也被称作将离、离草。"念桥边红药,年年知为谁生!""万里音书断,三年不见人。临行栽芍药,红瓣泪浇匀。"从这一首首诗词之中,既可以看出芍药当时已被广泛种植,也能看到芍药代表的离别相思之意。

说起芍药,就不得不提起牡丹,牡丹和芍药同属于毛茛科芍药属,因此两者有许多相似之处,但也有明显不同。

首先,芍药是多年生草本植物,高不足 1 米,茎干为草质,呈绿色,摸上去光滑,而牡丹是木本植物,为落叶的小灌木,高可达 2 米,茎干为木质,摸上去粗糙。到了冬天,两者的区别更为明显,芍药的地上部分全部枯萎,只留根在地下,第二年从地

芍药

牡丹

面重新萌发出来,而牡丹仅仅是叶子脱落,木质茎干仍留在地面上,第二年从枝头发出新芽。这是芍药和牡丹最明显的区别,因此也有人将芍药称为"没骨花",将牡丹称作"木芍药"。

芍药叶　　　　　　　　牡丹叶

其次,芍药的叶片狭窄,无分裂,有光泽,而牡丹的叶片较宽,前端常有分裂,叶色较暗。

再者,芍药的花有顶生,也有生在分枝顶端,呈丛生状,花柄长,花相对小,直径约10厘米,而牡丹的花仅为顶生,呈单生状,花柄短,花大,直径可达20多厘米。从花期上看,芍药5~6月份开花,比牡丹晚了半个月左右,因此民间有"谷雨看牡丹,立夏看芍药"之说。由于芍药开花在春末夏初,百花开放的春天即将离去,于是芍药又被赋予了惜春、饯春的意象,故而得名殿春、婪尾春等,在"多谢化工怜寂寞,尚留芍药殿春风""芍药不嫌春欲老，后看未始怨东皇"等诗句之中正是此意。

古人常把芍药和牡丹并称为"花中二绝"，认为花中牡丹第一，芍药第二，将牡丹称为花王，而芍药称为花相。牡丹茎干遒劲，花朵硕大，可谓是国色天香、雍容华贵，而芍药茎干细弱，花小色艳，相比之下多了几分妖娆和几分娇媚，可谓是绰约多姿，好像世间之女子，虽气质有异，但都美丽异常。

唐代刘禹锡的《赏牡丹》一诗中写道："庭前芍药妖无格，池上芙蕖净少情。唯有牡丹真国色，花开时节动京城。"虽然诗中为了抬高牡丹，贬低芍药，说它"妖无格"，但是确实写出了芍药和牡丹之间的不同气质。有人说《红楼梦》中有四大唯美场景，分别是黛玉葬花、宝钗扑蝶、晴雯撕扇和湘云醉卧，其中的湘云醉卧，就是指"憨湘云醉眠芍药裀"一章。书中写道："果见湘云卧于山石僻处一个石凳子上，业经香梦沉酣，四面芍药花飞了一身，满头脸衣襟上皆是红香散乱，手中的扇子在地下，也半被落花埋了，一群蜂蝶闹嚷嚷地围着她。"单从芍药和牡丹的气质差异上来看，湘云醉卧芍药丛中，更显其娇媚之态，要是醉卧在牡丹之中的话，倒显得有失端庄了。

芍药开花繁多，花色艳丽，一直以来是我国重要的观赏花卉，特别是宋代，芍药的栽培空前繁荣。据记载，当时江苏、安徽等地都规模化栽培了大量的芍药，尤其是扬州，"种花之家，园舍相望""当其花之盛开，饰亭宇以待来游者，逾月不绝"，由此可见当时芍药栽培之多。也正是在宋代有了记述芍药的专著——《芍药谱》，这是最早的芍药专著，记录芍药品种30余种。

如今，芍药品种不可胜数，常被用于建设专类园、花坛、庭院的绿化美化。又因芍药比牡丹花期稍晚但相接，可以同牡丹搭配种植，从视觉效果上延长观赏期。这种芍药与牡丹合栽的做法并非今人独创，早在明朝苏州园林兴起时便有人刻意为之。明代官员王世懋就曾在《学圃杂疏》中记道："余以牡丹天香国色，而不能无彩云易散之恨，因复创一亭，周遭悉种芍药，名其亭曰续群芳。"另一位官员江盈科在《后乐堂记》中也记录了牡丹、芍药间杂而种的景象，称"花开如绣"。又有明代四大才子之一的文徵明在《拙政园图册》中题诗"杂植名花傍草堂"，其中就包括了芍药、牡丹、丹桂等花。在古人种芍药赏续芳胜景之余，还衍生出了嫁接技术，王世懋之兄王世贞就作诗"差胜红丹白药，一般花蒂两番春"，将红色的牡丹和白色的芍药嫁接在一起，看一处花开，欣赏两种春色。另外，如今用芍药做鲜切花也日渐流行，成为市场新宠。

除了观赏价值，芍药的根可以入药，有赤芍和白芍之分，两者虽均源于同一种植物的同一部位，但炮制方法不同，药效也有不同。

从古至今，贬低芍药者不胜枚举，又何止一句"妖无格"？可是，春老，群芳谢，正是芍药好季节，便任世人评说，何惧之有！

宋词寻芳记

明星 植物档案

芍药
Paeonia lactiflora

纲目科属

双子叶植物纲 毛茛目
毛茛科 芍药属

基本特征

多年生草本，茎高 40～70 厘米，无毛。下部茎生叶为二回三出复叶，上部茎生叶为三出复叶。花数朵，生茎顶和叶腋，直径 8～11.5 厘米。

通过栽培花型多样，单瓣或重瓣，颜色多为红色、粉色和白色。

蓇葖长 2.5~3 厘米，直径 1.2~1.5 厘米，顶端具喙。

分布地

分布于我国东北、华北、陕西及甘肃南部等地，现在广泛栽培供药用或观赏。

芍药
为什么说它"妖无格"?

宋词 里的"秘密"

西北大漠的文学"彩蛋"——敦煌曲子词

通常，人们认为文学史上第一部词集是成书于后蜀广政三年（940），由五代后蜀文学家赵崇祚编选的晚唐至五代词总集《花间集》。

直到20世纪初，敦煌鸣沙山千佛洞第288号石窟被打开，人们从中发现了沉寂千年之久的两万余卷珍贵文献，即敦煌卷子。其中整理出来的唐五代词曲，被称为敦煌曲子词。它们大多数是民间作品，诞生时间不晚于后梁乾化元年（911），其中有一本《云谣集杂曲子》，人们才发现，原来敦煌曲子词才是最早记录词这种文体的著作。

词源于民间文学的观点，因为敦煌曲子词的发现，被广泛承认。

芍药 生长日历

	1月	2月	3月	4月	5月	6月	7月	8月	9月	10月	11月	12月
栽种			🌱	🌱					🌱	🌱		
开花					🌷							
结果								🌼				

033

［宋］佚名·竹林仕女图（局部）

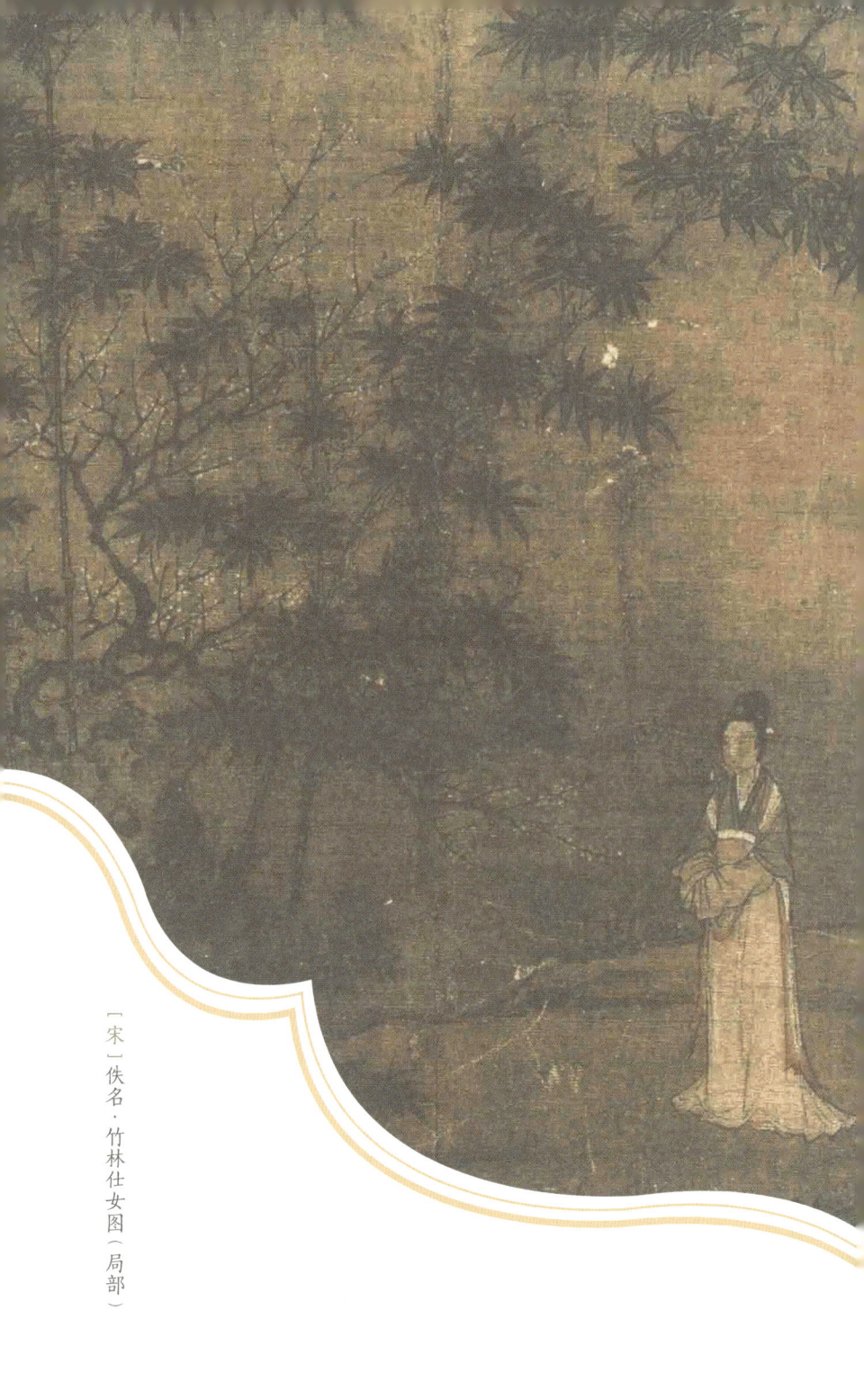

红豆

深情入骨长相思

点绛唇·其二　北宋·黄庭坚

罗带双垂,妙香长恁携纤手。半妆红豆。各自相思瘦。闻道伊家,终日眉儿皱。不能勾。泪珠轻溜裛损揉蓝袖。

从前听过一个关于红豆的故事。相传,汉时闽越国有一位男子被强征戍边。他的妻子日日站在村前道口树下极目张望。然而眼前同行之人纷纷归来,唯独男子始终未归,妻子心中悲痛欲绝,时时以泪洗面,最终因悲伤过度,泣血而死。自从妻子死后,她每日守望的树上忽然结出了荚果。这些荚果的籽半红半黑,一如妻子那双泣血的眸子。于是人们便将这种籽称为"红豆",又名"相思子"。

在这一段凄美故事的基础上,历代文人墨客创造出了许多关于"红豆""相思"的诗词。就如黄庭坚便在《点绛唇·其二》中将红豆融于女子闺怨之中,写就一段委婉柔情:

梳妆台前,女子对镜梳妆。镜中,丝带飘飘垂下,她那一双纤纤素手好似萦绕着香气。只是此时的她满心惆怅,无心打扮,只上了半面妆,脸颊一侧红似红豆。

害了相思的又何止她一人?只怕有情之人各自被思念苦得日渐消瘦。听闻心上人在家中也一样日日紧皱眉头,然而却无法与自己相见。她实在难以展欢颜,相思至深处时只能默默垂泪,任凭泪水打湿了揉蓝色的衣袖。

在这首词中,词人通过对女子的容貌描写,让人感受到女子的美丽,又通过"相思瘦""眉儿皱""泪珠轻溜"等神态描写,婉转表现有情人难以相见的浓浓相思意。"裛"(yì),古同"浥",沾湿的意思。相思的泪水沾湿衣袖,令人生怜。在这首词里,相思红豆的意象并未直接出现,而是以"半妆红豆"催人联想,既

红豆
深情入骨长相思

写女子无心梳妆,又为这首词更添一分委婉。

关于红豆相思的说法,最广为流传的莫过于唐代著名诗人王维的一首《相思》:"红豆生南国,春来发几枝。愿君多采撷,此物最相思。"据《云溪友议》记载,唐代著名乐工李龟年曾在湘中采访使的筵席上唱这首诗,并写道"此词皆王右丞所制,至今梨园唱焉",说明这首诗在当时就已经被广泛传唱。如果向前追溯,早在东汉时期经学家刘熙在他写的《释名》一书中就记载:"相思,大树也,其材理坚强,邪(斜)斫(zhuó)之则有文(纹),亦可作器。其实赤如珊瑚,历年不变。"南朝时期的江淹在《草木颂十五首·相思》中有"绿秀八照,丹实四临"的诗句。从"其实赤如珊瑚"和"丹实"不难看出,此时人们已经注意到了相思这种树木的果实是红色的,但是真正为红豆赋予相思的象征意义,应该说还是始于王维的《相思》这首诗。

此后,人们常用红豆象征相思。有唐代温庭筠的《杨柳枝》:"玲珑骰子安红豆,入骨相思知不知。"五代牛希济的《生查子·新月曲如眉》:"红豆不堪看,满眼相思泪。"宋代刘过的《江城子·海棠风韵玉梅春》:"万斛相思红豆子,凭寄予,个中人。"以及清代纳兰性德的《南乡子·烟暖雨初收》:"摘得一双红豆子,低头,说著分携泪暗流。"相关诗词,多不胜数。

那么红豆到底是什么植物呢?从古诗词中可以获取的信息很少,仅知道:这是一种红色豆子,生长在南边。此外,红豆象征相思，那么它应该就像黄金、钻石一样，既要珍贵稀有，又要能够长久保存，这样才能表现出相思的珍贵和持久。例如，我们日常食用的各种红豆就被排除在外，因为它们主要食用，而且普通常见、数量众多，根本无法担此大任。还有人讹传红豆是指红豆杉，尽管红豆杉种子外面的假种皮颜色鲜红，但假种皮肉质多汁，很快就会腐烂，最终只剩下灰不溜秋的种子，完全对不上。

如此，人们心目中的红豆应该符合这样的条件：一种颜色又红又亮的豆子，在南边生长，数量比较稀少，保存很久不坏。实际上，符合这些条件的豆科植物种类不少，主要有相思子属的相思子、海红豆属的海红豆，以及红豆属的红豆树、花榈木等多个种类。

相思子，也叫相思豆、红豆、相思藤、鸡母珠等，属于草质藤本植物，羽状复叶，紫色花冠，荚果成熟时开裂，每个荚果有2~6粒种子。种子质坚平滑，色泽华美，上部约三分之二为鲜红色，下部三分之一为黑色。相思子产于云南、广西、广东、台湾等地，常生于山地疏林中。唐代李匡文的《资暇集》中记载："豆有圆而红，其首乌者，举世呼为相思子，即红豆之异名也。"李时珍在《本草纲目》中记载："相思子生于岭南……子如小豆，半截红半截黑，被人用来镶嵌首饰……也叫红豆。"似乎相思子就是正宗的红豆。但是，两本书中又分别有"其树也，大株而白枝"和"高丈余，白色"的描述，显示这种植物为高大乔木，和

红豆
深情入骨长相思

相思子
藤本植物

① 羽状复叶
② 花序
③ 荚果
④ 成熟开裂后的荚果
⑤ 种子

039

藤本植物相思子明显不符。故而猜测是因为红豆产于南边，两本书的作者仅见红豆果实，未见其原植物而产生的讹传。值得注意的是，相思子的种子虽然外观美丽，可以做装饰品，但是有剧毒，误食一粒果仁就可能致人死亡，因此在使用时务必要注意安全。

海红豆，也叫红豆、孔雀豆、相思格，是高大的落叶乔木，树高 5~20 余米，二回羽状复叶，开小小的白色或黄色的花，荚果是狭长圆形，开裂后果瓣旋卷。种子多数，近圆形，鲜红色，有光泽。产于我国云南、贵州、广西、广东、福建和台湾等地，多生于山沟、溪边、林中或栽培于园庭。海红豆的种子鲜红且光亮，十分美丽，可作装饰品。

红豆属好几个植物种类都可以产出红豆，其中红豆树是该属分布纬度最北的种类，也比相思子、海红豆分布更靠北边。红豆树，也叫何氏红豆、鄂西红豆、江阴红豆等，为常绿或落叶乔木，高 20~30 米，胸径可达 1 米，在我国许多地方都保存着红豆树古树。它们有奇数羽状复叶，花冠是白色或淡紫色，荚果是近圆形的扁平状，有 1~2 粒种子，种皮是红色。产于陕西南部、甘肃东南部以及江苏、安徽、浙江、江西、福建、湖北、四川等地，常生于河旁、山坡、山谷林内。

目前，市面上比较常见的红豆以相思子、海红豆居多，红豆树的种子虽然通体红色，但数量稀少、光泽略差，在市场上并不多见，只是红豆树生长最靠北方，早已深入人心，在许多人的心

红豆
深情入骨长相思

目中这是最贴近诗词中的红豆意象。

史学大家陈寅恪在《柳如是别传》中写到自己撰写该书的缘起，正是一枚红豆。当年，陈寅恪随校南迁昆明，偶遇一个卖旧书的商贩，说自己旅居江苏省常熟市白茆镇的钱氏旧园时（钱氏即钱谦益，柳如是的丈夫），拾得园中红豆树所结红豆一枚，一直随身带着，愿意赠送。陈寅恪重金购买，留在身边二十年，由此才有了写《柳如是别传》的想法。钱氏旧园就是红豆山庄，现在仍在，院中红豆树已有近500岁的高龄，据记载这棵红豆树为1594年从湖北樊城（亦说海南）移植而来。

红豆树开花

无独有偶，在江苏省江阴市的顾山镇有一个村子叫红豆村，村中有一座院落叫红豆院，之所以得此名，正是因为其中有一棵千年红豆古树。此树相传为梁朝昭明太子萧统手植，距今已有近1500年的历史，虽然历经沧桑，但仍然枝繁叶茂，数年开花一次，开花时节，满树繁花，好像白雪落在枝头，偶尔也会结子，所产红豆异常珍贵。

瞧，枝繁叶茂间藏着颗颗红泪。每当风起，这些挂在枝头的红色泪滴便随风摇曳，似低语，似哭泣，又好似在期盼着哪个人能读懂这份永不褪色的思念。

宋词寻芳记

明星 植物档案

相思子
Abrus precatorius

纲目科属
双子叶植物纲 蔷薇目
豆科 相思子属

基本特征

草质藤本植物。茎细弱，多分枝，被稀疏白色糙伏毛。羽状复叶；小叶 8～13 对，膜质，对生，近长圆形，长 1～2 厘米，宽 0.4～0.8 厘米。

总状花序腋生，长 3～8 厘米；花小，密集成头状；花萼钟状，萼齿 4 浅裂；花冠紫色，雄蕊 9 个。

荚果长圆形，果瓣革质，长 2～3.5 厘米，宽 0.5～1.5 厘米。

成熟时开裂，有种子 2～6 粒；种子椭圆形，平滑具光泽，上部约三分之二为鲜红色，下部三分之一为黑色。

分布地

广东、广西、云南等地。

红豆
深情入骨长相思

植物知多少

叶子也分单数和复数？

根据叶柄上所着生叶片的数目，可以把叶分成单叶和复叶两类。

▶ 一个叶柄上只生一个叶片的叶叫单叶，如桃树、李树、柳树等。

一个叶柄上生有两个以上叶片的称为复叶，如槐树、月季等。复叶的叶柄称为叶轴，其上着生的叶片叫小叶。◀

▶ 复叶又分为三出复叶、掌状复叶和羽状复叶。其中羽状复叶指小叶都生在叶轴两侧、呈羽毛状排列的复叶。羽状复叶中，小叶总数为双数的，称为偶数羽状复叶，为单数的称为奇数羽状复叶；叶轴不分枝则称一回羽状复叶，叶轴分枝一次称二回羽状复叶，分枝两次称三回羽状复叶。

相思子 生长日历

	1月	2月	3月	4月	5月	6月	7月	8月	9月	10月	11月	12月
栽种												
开花												
结果												

043

[宋]马远·梅石溪凫图(局部)

芭蕉

摘一叶,写生活的诗

一剪梅

南宋·蒋捷

一片春愁待酒浇。江上舟摇,楼上帘招。秋娘渡与泰娘桥,风又飘飘,雨又萧萧。

何日归家洗客袍?银字笙调,心字香烧。流光容易把人抛,红了樱桃,绿了芭蕉。

芭蕉叶美，颇受雅客所爱，也是传统园林造景的佳品。《红楼梦》中写大观园中贾宝玉的住处怡红院中景致："院中点衬几块山石，一边种几棵芭蕉……"宝玉最初还因此为该院题匾为"红香绿玉"，其中"绿"字就是为了呼应芭蕉叶的那抹绿色。

与梧桐一样，芭蕉美则美矣，但到了诗词之中，往往激起几多伤情。如唐代杜牧为思乡而惆怅"一夜不眠孤客耳，主人窗外有芭蕉"；宋代万俟咏为相思而哀愁"窗外芭蕉窗里灯，此时无限情"，而蒋捷这首《一剪梅·舟过吴江》则是为时光匆匆而感叹：

小舟在吴江之上漂泊，此时船上的"我"有一腔羁旅春愁无处宣泄，眼看岸上酒帘迎风飘舞，我的心中只盼能借酒消愁。不过一瞬，小舟便已漂到了秋娘渡口和泰娘桥。此处总是惹人浮想联翩，可惜此时"我"却无心欣赏风景。因为眼前风雨交加，让人倍感凄凉。

也不知何时才能结束漂泊，回到家乡，洗去客袍之上重重飞尘。待到那时，"我"定将燃起心字熏香，弹弄银字笙。然而时光飞逝，岁月轻易便将人抛于身后。樱桃才红，转眼间，芭蕉已绿。

这首词的上半阕开篇即直抒春愁，而后重在写景，并融情于景：先用"舟摇""帘招"道尽漂泊之感，后用"风"和"雨"再次渲染心中愁苦。到了下半阕，词人以虚写归家情景：以点香、弄笙两件幻想中的雅事更进一步表现自己思归之切。最后他以"樱桃红"与"芭蕉绿"作喻收束全词，抒发了自己对时光易逝的感叹。

词人蒋捷，约在1245年出生，字胜欲，因著有《竹山词》得号竹山。他是常州府阳羡（今江苏宜兴）人士。他于南宋咸淳十年（1274）中进士，后来南宋覆灭，便隐居不仕。蒋捷尤擅长写词，与周密、王沂孙、张炎并称"宋末四大家"，因着"流光容易把人抛，红了樱桃，绿了芭蕉"这句千古名句，被世人称为"樱桃进士"。

词中所说的芭蕉，也叫甘蕉、天苴（jū）、板蕉、牙蕉、巴苴、芭苴（古称）等，为芭蕉科芭蕉属植物，该属约有10种，包括香蕉、野蕉、小果野蕉、蕉麻等种类。芭蕉为多年生丛生草本，植株高2.5~4米；叶片巨大，长圆形，长2~3米；花序从植株顶端发出，向下垂着生长；果实三棱状，肉质，打开果壳可以看到里面有许多种子。芭蕉原产琉球群岛，在我国南方地区可以露地栽培，多栽培于庭院及农舍附近。

关于芭蕉的记载可以追溯到汉代。西汉司马相如的《子虚赋》中就有"诸柘巴苴"，其中"巴苴"即芭蕉。《三辅黄图》有载："汉武帝元鼎六年，破南越，起扶荔宫，以植所得奇草异木，有甘蕉二本。"许多资料认为其中提到的"甘蕉"，正是芭蕉。

《三国志·吴书·士燮传》中记载，士燮（xiè）在任交阯（今越南）太守期间，每年向孙权进贡"奇物异果，蕉、邪（椰）、

宋词寻芳记

芭蕉 草本植物

① 叶　② 果序　③ 植株　④ 果实

048

龙眼之属"，"蕉"指芭蕉。

到了西晋，嵇含在《南方草木状》一书中，已经对"甘蕉"有了非常详细的记载，不但描述了植株、叶、花、果实的基本形态，而且记录了果实的味道："剥其子上皮，色黄白，味似蒲萄，甜而脆，亦疗饥。"此外，书中还记载了三个品种，其中羊角蕉"大如拇指，长而锐，有类羊角，味最甘好"，牛乳蕉"大如鸡卵，有类牛乳，微减羊角"，还有一种蕉"大如藕，子长六七寸，形正方，少甘，最下也"。

南朝沈怀远在《南越志》中记载："蕉布之品有三，有蕉布，有竹子布，又有葛焉。"其中的"蕉布"指以芭蕉纤维为原料织成的衣料。

芭蕉果序

唐宋时期，芭蕉成为园林庭院常见的绿化植物，文人墨客记录甚多。明代李时珍的《本草纲目》中把"甘蕉"归为草部，记载更为详细，书中引用曹叔雅《异物志》："芭蕉结实，其皮赤如火，其肉甜如蜜，四五枚可饱人，而滋味常在牙齿间，故名甘蕉。"说明了芭蕉亦称甘蕉的缘由，在"集解"中"今二广、闽中、川蜀皆有，而闽广者实极甘美可啖，他处虽多，而作花者亦少，近时中州种之甚盛，皆芭蕉也。其类亦多，有子者名甘蕉，卷心中抽干作花"的记载亦说明了芭蕉和甘蕉的关系。

也有人认为，甘蕉不是芭蕉，而是香蕉。从资料中的确也能看出，芭蕉主要是用于园林观赏，而甘蕉主要是食用果实。其实，古代人们并不能准确区分两者，文献中的芭蕉和甘蕉都是统称，包含了很多近似种类，彼此也有交叉混淆，难以准确界定。即便是现在，甘蕉这一名称不再使用了，芭蕉和香蕉仍被人们混用，纠缠不清。多数情况下，芭蕉指芭蕉本种及同属野生种类，其果实味苦、多籽，不可食用，而香蕉指驯化栽培种类，其果实味甘、无籽、主供食用，主要品种有华蕉、粉蕉（小米蕉、西贡蕉）等。

一些资料引用"覆蕉寻鹿"的典故，以为这是关于芭蕉的记载。"覆蕉寻鹿"出自战国列御寇的《列子·周穆王》："郑人有薪于野者，偶骇鹿，御而击之，毙之。恐人见之也，遽而藏诸隍中，覆之以蕉。不胜其喜。俄而遗其所藏之处，遂以为梦焉，顺途而咏其事。"

　　这个典故讲的是,郑国有个人在山上砍柴,遇见一只受惊的鹿,这人逮着鹿并把鹿打死了。因为害怕被人发现,他便匆忙把死鹿藏在一个干沟里,并盖上柴草,很高兴。结果,过了一会儿,忘了藏鹿的地方,便以为刚刚做了一个梦。在回家的路上,他不断地向人叙说这件事。一个路人听了砍柴人的话,果真找到了那只鹿。他回来后,告诉妻子:"这之前,砍柴人梦见了鹿却忘记藏鹿的地方了;我按照他的话,得到了那只鹿。他的梦是真实的呀。"他的妻子说:"你可能是梦见了砍柴人打死并藏了鹿吧?现在你真得到了一头鹿,可见你做的梦是真的吧?"路人说:"管他是真的假的,反正我得到了一头鹿。"后来人们用"覆蕉寻鹿"比喻世事无常,如梦如幻。但其实,这里的"蕉"同"樵",指薪柴,和芭蕉没有关系。

　　芭蕉以观叶见长,其株型挺拔,巨叶碧绿,常被种植在窗前、墙侧,与修竹、红叶、花草为邻,饶有诗情画意。下雨的时候,雨滴打在芭蕉叶片之上,发出明显的响声,或疏或密,或徐或疾,这"雨打芭蕉"触动着历代文人墨客的心灵。特别是唐宋时期,关于芭蕉的诗句非常多,如本篇所选词中流传千古的名句:"流光容易把人抛,红了樱桃,绿了芭蕉。"冬去春来的光阴如流水,望着庭院中疏朗又青翠的芭蕉叶,总让人想感叹一句,年华不再,人生易老。又如唐代白居易的"隔窗知夜雨,芭蕉先有声",宋代李清照的"窗前谁种芭蕉树,阴满中庭"。

芭蕉的叶片巨大,光滑平整,在其上书写成为文人墨客的一大韵事,称作"蕉叶题诗"。据说,唐代书法家怀素,自幼喜爱书法,但贫困买不起纸张,于是种植了很多芭蕉,以芭蕉叶当纸,苦练书法,后来终有所成,这就是著名的"怀素书蕉"。唐代白居易的《春至》一诗中也写道:"闲拈蕉叶题诗咏,闷取藤枝引酒尝。"清代李渔在《闲情偶寄》一书中说,芭蕉叶可以随写随换,一天能反复书写多次,有时不想自己清洗,淋点雨也就干净了,简直是"天授名笺",并写诗称赞道:"万花题遍示无私,费尽春来笔墨资。独喜芭蕉容我俭,自舒晴叶待题诗。"

芭蕉叶

芭蕉
摘一叶，写生活的诗

芭蕉扇在许多文学、影视作品中出现，最为熟知的当数《西游记》中的芭蕉扇。话说唐僧师徒西天取经途经火焰山，前行受阻，打听方知翠云山芭蕉洞中有铁扇公主，她有一柄芭蕉扇，"一扇息火，二扇生风，三扇下雨"，可以扇灭火焰，于是发生了"三借芭蕉扇"的故事。

那么芭蕉扇是用芭蕉叶制作的吗？可能性不大，因为未见用芭蕉叶做扇子的记录，芭蕉扇更可能是我们熟知的蒲扇。蒲扇最早是用蒲草（指香蒲科香蒲属的香蒲、水烛或者其他近似种）柔韧而细长的叶片编制而成，后来逐步被蒲葵（棕榈科蒲葵属植物）叶片所代替，因为制作更加简单方便，做成的扇子结实耐用，物美价廉，所以广泛传播，特别是在二十世纪七八十年代，几乎人手一把，成为蒲扇"经典款"，也叫葵扇、棕扇。清代王廷鼎的《杖扇新录》一书中记载："古有棕扇、葵扇、蒲扇、蕉扇诸名，实即今之蒲扇，江浙呼为芭蕉扇也。"由此可见芭蕉扇就是蒲扇。至于人们为什么将蒲扇称作芭蕉扇，可能是以形状为名，将上大下小、腰部收缩形状的扇子，称作芭蕉扇，意思是芭蕉叶形状的扇子，而非用芭蕉叶做成的扇子。当然，也可能是因为人们分不清蒲葵和芭蕉两种植物，而误称芭蕉扇，已无从考证。

芭蕉能得如此多文人雅士青眼，绝不仅是因其叶片大而美丽，更因为它象征着坚韧与繁荣，即使在风雨中也能保持优雅的姿态。

宋词 寻芳记

明星 植物档案

纲目科属
单子叶植物纲 芭蕉目 芭蕉科 芭蕉属

芭蕉
Musa Basjoo

基本特征
多年生丛生草木。植株高 2.5~4 米。叶片长圆形，长 2~3 米，宽 25~30 厘米，叶面鲜绿色，有光泽。叶柄粗壮，长达 30 厘米。

花序顶生，下垂；苞片红褐色或紫色（黄色）；雄花生于花序上部，雌花生于花序下部；雌花在每一苞片内约 10~16 朵，排成 2 列。

浆果三棱状，长圆形，长 5~7 厘米，具 3~5 棱，近无柄，肉质，内具多数种子。

分布地
原产琉球群岛，我国台湾可能有野生，秦岭—淮河以南可以露地栽培，多栽培于园庭及农舍附近。

宋词 里的"秘密"

为什么写词要选词牌？

我们现在写作文要有题目，古代人写词也要选择合适的词牌。词牌即规定了这首词的风格、创作思想，也规定了这首词的填词格律。明代徐师把词的形式概括为："调有定格，句有定数，字有定声。"

比如，我们看到《念奴娇》《渔家傲》《踏莎行》，眼前浮现的多是大开大合的壮阔山水和壮志豪情，看到《声声慢》《如梦令》《相见欢》，便会联想到闺阁小楼的相思缠绵。

选择一个最适合表达自己情感的词牌，是填好一阕词的第一步。宋词的词牌格式不同，表达情感的基调也不同，于是每一个词牌格式就有了不同的个性特征。

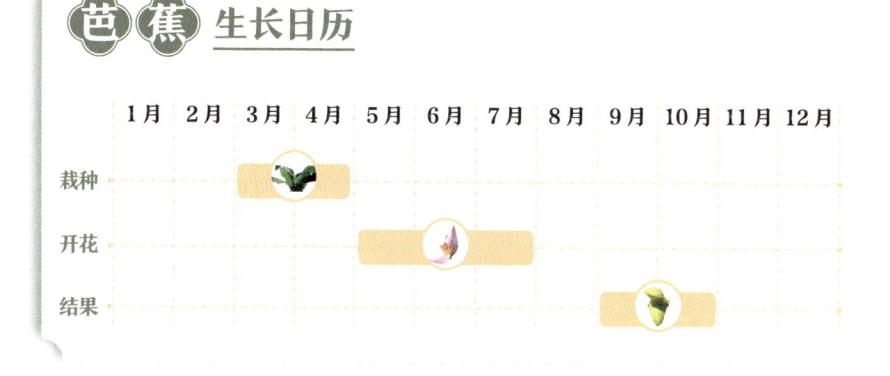

芭蕉 生长日历

	1月	2月	3月	4月	5月	6月	7月	8月	9月	10月	11月	12月
栽种			●	●								
开花					●	●	●					
结果									●	●		

〔宋〕马远·山径春行图（局部）

茱萸

为什么重阳节插茱萸?

渔家傲·其十八 北宋·欧阳修

青女霜前催得绽。金钿乱散枝头遍。落帽台高开雅宴。芳尊满。按花吹在流霞面。

桃李三春虽可羡。莺来蝶去芳心乱。争似仙潭秋水岸。香不断。年年自作茱萸伴。

许多人对茱萸的初印象，应当是始于王维《九月九日忆山东兄弟》一诗中的那句"遥知兄弟登高处，遍插茱萸少一人"。从此，茱萸一出现便总叫人泛起浓浓思亲之情。又因茱萸盛放于金秋时节，所以茱萸与金菊总是结伴出现在人们眼前。宋代吴自牧在《梦粱录·九月》一书中便有记载："今世人以菊花、茱萸浮于酒饮之，盖茱萸名'辟邪翁'，菊花为'延寿客'。"而欧阳修也在《渔家傲·其十八》中称金菊年年与茱萸相做伴：

虽然春天的桃李盛开三季，令人羡慕。然而那些莺飞蝶舞只会让花儿的心绪纷乱。哪里比得上秋天的仙潭岸边，菊花香气持续不断。它年年都在这里，与茱萸做伴。

在这首词中，词人开篇从神女"青女"切入，既为全词蒙上了一层浪漫而神秘的薄纱，也为整首词奠定了深秋时节菊花盛放的大背景。一个"催"字展现了词人对深秋美景的热切期盼。紧接着一句"落帽台高开雅宴"巧妙地将视线移到高处，一方面暗指了文人秋日登高、饮酒赋诗的传统习俗，另一方面将这份秋日的浪漫推向了高潮。到了下半阕，词人拿"桃李"与"菊花"进行对比，重点突出了菊花的高洁脱俗。最后再紧扣回重阳佳节，把菊花的形象与重阳节的传统习俗相结合，进一步表达了对菊花的赞美以及对重阳节的深情厚谊。

关于重阳节的来源，历来众说纷纭。可以确定的是，从汉代开始，重阳节登高、赏菊、插茱萸、饮菊花酒，就已经是百姓在这一天要做的事情了。与重阳节息息相关的两种植物——茱萸和菊花，相依相伴，成为这一天的两位主角。

菊花是大家十分熟悉的植物，相比之下，茱萸则可能显得陌生许多。时至今日，关于重阳节所用茱萸到底是哪种植物的问题仍引发广泛讨论。人们对茱萸的认识存在分歧，主要集中在山茱萸和吴茱萸这两种植物上。

山茱萸和吴茱萸都叫茱萸，果实均为红色，均在秋季成熟，均可入药，却是两种完全不同的植物。

山茱萸和吴茱萸都属于落叶乔木或灌木，不过，它们属于不同科，山茱萸为山茱萸科植物，而吴茱萸则是芸香科植物。

从"体型"看，山茱萸比吴茱萸高很多，山茱萸高 4~10 米，吴茱萸高 3~5 米。

从叶子上看，山茱萸的叶子是单叶对生，侧脉非常明显，有 6~7 对。吴茱萸的叶子为羽状复叶，有对生小叶 5~11 片。吴茱萸比较特别的一点是，植株各部分有特殊的腥臭气味。

三四月间，山茱萸的叶子尚未发出，而满树金黄色的花朵，已经在春风中耀眼招摇。等到 8~10 月，树上长出了果实。山茱萸是雌雄异株，果实为长椭圆形的核果，没成熟时是青绿色，成熟后变成红色或紫红色。而吴茱萸果序宽约 12 厘米，果实为暗紫红色，果期在 8~11 月。

野生山茱萸主要生长在陕西、山西、甘肃、山东、江苏、浙江、安徽、江西、河南、湖南等省，常生于海拔 400~1500 米的林缘或森林中。野生吴茱萸主要生长在秦岭以南各地，生于平地至海拔 1500 米的山地疏林或灌木丛中。这两种植物都有人工种植。

以本篇欧阳修的《渔家傲·其十八》一词中的"香不断。年年自作茱萸伴"，以及王维的《九月九日忆山东兄弟》这首诗为例，可进行以下分析：

从生长地看，支持王维诗中写的是山茱萸的人认为，吴茱萸主要分布在秦岭以南各地，王维写《九月九日忆山东兄弟》

山茱萸花　　　　　　　　　　　　　山茱萸果

茱萸
为什么重阳节插茱萸？

的地点在当时的长安，现在的陕西西安市，他怀念的是远在山东（非山东省，指华山以东，今山西运城）的故乡的兄弟。这两个地点都在秦岭以北。而"山东"并没有吴茱萸分布，只有山茱萸，因此诗中的茱萸只能指山茱萸。支持吴茱萸的人则认为，吴茱萸气味浓郁，和古人诗词中的许多描述相符，也符合重阳节避邪祈福的愿望。比如欧阳修的这首词提到能与"花香"做伴的正是吴茱萸。

到底谁是谁非，不如从诗词中尝试寻找一些线索。唐代李乂的《奉和九日侍宴应制得浓字》："捧箧萸香遍，称觞菊气浓。"宋代张嵲（niè）的《九日三首·其二》："黄花开已晚，红萸犹可嗅。"宋代史浩的《望海潮·其三·庆十八》："黄菊萃英，红萸酿馥，安排预赏芳筵。"不难看出古人诗词里的茱萸是带香味的，在这一点上吴茱萸的植物特性与之相符，而山茱萸并无香味。我国传统节日中的端午节，人们常在门窗上插挂艾蒿、菖蒲等植物，来辟邪祈福，而这两种植物也都是带有浓烈的香味，说明古人对有香味的植物是有执念的。

山茱萸最显著的特征是黄花和红果，而吴茱萸以香味为最，对照诗词中茱萸的描述可以发现，吴茱萸和古人重阳节使用的茱萸更加吻合，这一观点也得到了大多数研究者的认同。有研究者就认为，古代资料中的茱萸，就是指吴茱萸，而山茱萸名称出现

宋词寻芳记

吴茱萸 木本植物

① 果枝　② 花　③④ 未成熟果实　⑤ 种子　⑥ 嫩枝

较晚，一直称为山茱萸，没有茱萸之称。《本草拾遗》中有记载："茱萸南北总有，以吴为好，所以有吴之名。"也就是说，因为吴地（今江浙一带）出产的茱萸质量最好，所以后来才有了吴茱萸这个名字。至于"'山东'没有吴茱萸分布"的观点，有学者依据史料分析，吴茱萸分布北沿在过去曾达到北纬39度线以北，分布区涵盖了王维的故乡，现今未有吴茱萸，但不可轻易断言古代也不存在。

茱萸在重阳节中扮演重要的角色，最常见的场景就是，这一天，古人纷纷采摘茱萸，插在发间，三五好友，相约登高。比如，唐代王昌龄的《九日登高》诗句："茱萸插鬓花宜寿，翡翠横钗舞作愁。"宋代刘辰翁的《蝶恋花·其二·寿李侯》词句："八九十翁嬉入市。把菊簪萸，共说新篘美。"宋代陆游的《独登东岩》诗句："悠然独倚阑干笑，又过簪萸泛菊时。"

茱萸除了插在头上，还能用布袋装起来做成佩囊，佩戴在身上，这应该是一种香囊吧。如唐代郭震的《子夜四时歌六首·其二·秋歌》："辟恶茱萸囊，延年菊花酒。"唐代李颀的《杂兴》："千年魑魅逢华表，九日茱萸作佩囊。"宋代曹彦约的《连雨中买归舟》："泛菊囊萸事已休，光阴无脚驶如流。"

宋代高承写的一本书《事物纪原·岁时风俗部四十二》中"登高"一条记载了这样一个故事："《续齐谐记》曰：汉桓景随费

长房学，谓曰：'九月九日汝家当有灾厄，急令家人作绢囊，盛茱萸悬臂登高山、饮菊花酒，祸乃可消。'景率家人登山，夕还，鸡犬皆死。房曰：'此可以代人。'则九日登高始于桓景。"

大致意思是，东汉时期有一个叫桓景的人，跟随仙人费长房学道很多年。有一天费长房对他说："九月九日你家会有灾难，赶紧回去，让家里人做一些红色佩囊，里面装上茱萸，然后绑在胳膊上，登上高处，饮菊花酒，便可以消灾免祸。"桓景便遵照行事，全家当天登上附近的高山避难，等晚上返回家中时，发现家里的鸡狗牛羊全死了，唯独家人躲过了灾难平安无事。人们自此每年过起了重阳节，并有了当日登高饮酒、佩戴萸囊的习俗。

就如本篇所选的这首词中描述，宋代人过重阳节经常以茱萸和菊花共同为伴，宋代王炎的《九日登宝叔塔》有诗句："不应令节亦虚度，特为萸菊觞新醅。"宋代王灼的《九日同韶美谊夫登妙明分韵得光字》有诗句："一倾萸菊酒，三肃翰墨场。"宋代项安世的《次韵重九》有诗句："时来萸菊尊，日暮乌鸟乐。"

自唐朝起，人们尝试用茱萸泡酒喝，并不断创新，喝出各种新奇滋味。诗人王建就有一首诗《酬柏侍御荅酒》写道："茱萸酒法大家同，好是盛来白碗中。这度自知颜色重，不消诗里弄溪翁。"虽然人人都会做茱萸酒，但今天这场宴会上，盛茱萸酒的容器非常独特。将茱萸酒盛装于白瓷碗中，酒与碗交相辉映，

茱萸
为什么重阳节插茱萸？

洁白如雪，又如同明月清澈如玉。手持白碗，边品酒，边欣赏，恍若置身于清雅之境。但不管是头插茱萸，还是佩戴萸囊、喝茱萸酒，都是为了辟恶消灾、辟邪祈福。

人越是长大，便越能感受到教育的后置性。幼时要靠死记硬背的那一句"每逢佳节倍思亲"终于在许多年后像回旋镖一般直戳人心。而此时人人口中反复挂在嘴边念叨的却不是"倍思亲"，而是"少一人"。若再到重阳，就请回家团圆吧，别让家中茱萸不得簪。

宋词寻芳记

明星 植物档案

纲目科属
双子叶植物纲 芸香目
芸香科 吴茱萸属

吴茱萸
Evodia rutaecarpa

基本特征

小乔木或灌木,高3~5米。叶有对生小叶5~11片,小叶卵形、椭圆形或披针形,长6~18厘米,宽3~7厘米。

花序顶生,雄花序的花彼此疏离,雌花序的花密集或疏离;萼片及花瓣均5片,偶有4片,镊合排列。

果序宽3~12厘米,果暗紫红色,有大油点,每分果瓣有1颗种子。

种子近圆球形,长4~5毫米,褐黑色。

分布地

产秦岭以南各地,各地有少量或大量栽种。

茱萸
为什么重阳节插茱萸？

植物知多少

一朵菊花不是一朵花？

我们看到一朵菊花，它实际并不是一朵花，而是由许许多多的小花组成的花序，称为头状花序。中央的小花为管状花，聚集起来像是"花心"，而边缘的小花为舌状花，更像是"花瓣"。向日葵就是典型的头状花序，通过观察向日葵花的结构形态，大家就更容易理解菊花的结构了。

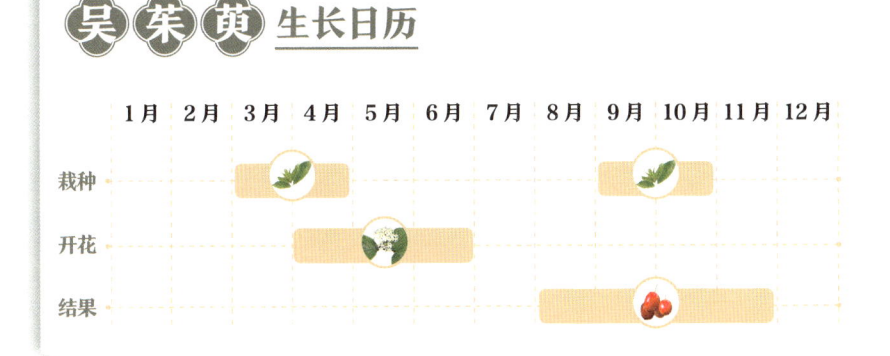

吴茱萸 生长日历

	1月	2月	3月	4月	5月	6月	7月	8月	9月	10月	11月	12月
栽种			●						●			
开花					●							
结果								●				

067

［宋］徐熙本·玉堂富贵图（局部）

百合

"云裳仙子"仙在哪里?

生查子　　北宋·晁补之

永日向人妍,百合忘忧草。
午枕梦初回,远柳蝉声杳。
藓井出冰泉,洗沦烦襟了。
却挂小帘钩,一缕炉烟袅。

宋词寻芳记

不知从何时起，人们印象中的百合便总与精怪有着一丝若有似无的关联。早在唐时，《集异记》便记载着这样一个怪志故事：一位秀才寄宿于徂徕（cú lái）山的光化寺中。某日深夜，有一名白衣飘飘的绝世美人突然来访。那一夜，两人相谈甚欢。然而，随着夜色渐深，女子向秀才告辞，然后走到院子中，在月色下消失得杳无踪迹。这一夜，秀才睡了个好觉。待到天亮后，竟不知昨夜之事是梦还是真。等他走到院中时，却惊奇地发现院子里凭空出现了一株百合花。

许是受此故事启发，百合花此后在许多文人的笔下往往被赋予了一种梦幻般的色彩，成为连接现实与梦境的桥梁。明代小说家吴承恩曾作有一首词《浣溪沙·题百合》："昨夜懵腾入醉乡，觉来微月射藤床，小斋怪底忽闻香。阵阵鼻端来旖旎，森森心地也清凉。一枝元在枕屏旁。"

苏门四子之一的晁补之在某个午后梦醒，将目光投向了院中的一株百合：

夏天的日头格外长，万物沐浴着阳光显得那样美丽，百合与忘忧草安静地生长着。午后，"我"从睡梦中悠悠醒来，耳畔传来远处柳树间的蝉鸣，那鸣叫又渐渐消散在风中。

井边爬满了苔藓，井里涌出清清凉凉的泉水。这泉水如冰一般洗去了"我"心中种种烦恼与忧愁。而后"我"将小帘用钩子挂起，又点起一炉香，看一线烟雾袅袅升起。

百合
"云裳仙子"仙在哪里?

在这首词中,词人描绘了一幅宁静淡雅且充满生活情趣的画面。词的上半阕聚焦于室外,既写安静生长的百合与忘忧草,又写散在风中的蝉鸣,将夏日的小院写得绘声绘色。到了下半阕,词人的视线渐渐从小院移到了室内,并通过挂起小帘钩、炉烟袅袅升起这两个雅致的生活画面,表现词人宁静的心境,为整个画面增添了一份悠闲淡雅的生活情致。

百合,又叫百合蒜、重迈、中庭、摩罗、强瞿、蒜脑薯、夜合花等,是百合科百合属植物的统称。多年生草本植物,地下有鳞茎;叶常散生,花常为喇叭形,颜色鲜艳,花被片6枚,雄蕊6枚;蒴果矩圆形。全世界约90种百合属植物,分布于北温带,我国有40余种,南北均有分布,以西南和华中最多。

百合属常见的野生种类,有野百合、卷丹、山丹等。

野百合

野百合在 5~6 月份开花，花为喇叭形，乳白色，无斑点，分布于秦岭以南各省，常生在山坡、灌木林下、路边、溪旁或石缝中。

卷丹，也叫卷丹百合，7~8 月份开花，花瓣向后明显反卷，橙红色，有紫黑色斑点，植株上部叶片接茎的位置长有珠芽，分布于华东、华中、华北、西北等地，生长于山坡、灌木林下、草地、路边或水旁。

卷丹

山丹，也叫细叶百合，同样 7~8 月份开花，花被片反卷，鲜红色，通常无斑点，分布在我国东北、华北、西北等地区，是百合属中分布较广、纬度偏北的一种。陕甘民歌《山丹丹开花红艳艳》中的"山丹丹"，就指山丹。歌曲《火红的萨日朗》中写道：

百合
"云裳仙子"仙在哪里?

绿花百合

"草原最美的花,火红的萨日朗,火一样热烈,火一样奔放。"其中的"萨日朗"是蒙古语,也指山丹。

百合属还有一些珍稀种类,例如绿花百合。这种百合在7~8月份开花,虽然花开得较小,但是花色极为特殊,为绿白色,有紫褐色斑点,分布在云南、四川、湖北、陕西等地,生长在山坡、林下,目前为国家二级重点保护植物。

除了野生种类,通过多年的栽培,百合培育了多个供观赏或食用的优秀栽培品种,不再赘述。

百合的植株亭亭玉立，叶子碧绿苍翠，花朵硕大别致，颜色艳丽多样，香气清雅宜人，具有极高的观赏价值。早在南北朝时期，梁宣帝萧詧（chá）就写下《咏百合诗》："接叶有多种，开花无异色。含露或低垂，从风时偃抑。甘菊愧仙方，丛兰谢芳馥。"诗中极力称赞百合花色鲜艳，袅娜多姿，香气浓郁。到了宋代，种植百合的人就更多了。陆游就将窗前土地做成小土山，种植了兰花、玉簪和百合等植物，并作诗《窗前作小土山艺（yì）兰及玉簪最后得香百合并种之戏作》："芳兰移取遍中林，余地何妨种玉簪。更乞两丛香百合，老翁七十尚童心。"苏轼有《次韵子由所居六咏·其一》一诗："堂前种山丹，错落马脑盘。"苏辙有《西轩种山丹》一诗："乘秋种山丹，得雨生可真……明年春阳升，盈尺烂如绮。"

　　美丽的百合不仅出现在诗词之中，而且是书画名家笔下的常客。明代陈淳的《花卉》画卷中的百合，以墨笔写意绘就，生动而有野趣，而且画旁自题："百合种偏殊，幽闲绝可娱。花倾苍玉蒂，香泛紫檀须。"明代钱穀的《百合写生》画轴中亦有百合身影，植株挺拔，绿叶白花，正可谓："浓香暑雨泛，新叶翠罗攒。静爱缃帘下，亭亭白玉冠。"清代恽寿平尤爱百合，有多幅关于百合的书画，现藏于台北故宫博物院的《百合》画轴上有恽寿平自题："墨汁洒金壶，香风满瑶圃。玉箫明月夜，一队霓裳舞。"

百合
"云裳仙子"仙在哪里?

百合不但开花美丽,而且被人们当作百年好合、百事合意、圣洁高雅的象征,因此在绿化美化城市环境、点缀家居生活等方面深受人们喜爱。百合为宿根花卉,一次栽植,多年生长,并具有抗性强、耐贫瘠、病虫害少等优良品质,后期的管理省时省力,在园林、庭院中无论是成行成簇,还是成丛成片,抑或是几株盆栽,都是美的享受。

百合是重要的鲜切花,人们相互赠送百合来表达心意,在装点会议、庆典等现场时常用百合,特别是婚礼现场必用百合,象征新婚夫妇百年好合。目前栽培供观赏的百合多为杂交种,常见的有三大品系,即亚洲百合系、东方百合系和麝香百合系,其花大而多,颜色多样,包括白、黄、红、粉等多种颜色。

百合生长在地下像大蒜一样的部分,就是它的鳞茎。鳞茎是植物地下变态茎的一种,其变态茎极度短缩,呈盘状,其上着生肥厚多肉的鳞叶,内贮藏极为丰富的营养物质和水分,洋葱、大蒜、百合、水仙花等百合科、石蒜科的植物都具有鳞茎。宋代罗愿的《尔雅翼》中有记载,百合"根小者如大蒜,大者如碗,数十片相累,状如白莲花,故名百合,言百片合成也",实际描述的就是鳞茎,这也是百合名称的来由。古人传说,百合鳞茎是蚯蚓相互缠绕变成的,想来可笑。明代李时珍在《本草纲目》中就说:"蚯蚓多处,不闻尽有百合,其说恐亦浪传耳。"说的就是这个传说是无稽之谈。

百合鳞茎的鳞片肥厚，洁白如玉，是典型的药食两用植物。我国自古有食用百合鳞茎的习惯。宋代林洪的《山家清供》一书中载明了百合食用方法："春秋仲月，采百合根，曝干捣筛和面作汤饼，最益血气。"这是说，春秋时节，采摘百合鳞茎晒干、捣碎，掺入面中，做成一种叫"百合汤饼"的面片汤。《尔雅翼》中也有"人亦蒸煮食之"的记载。《本草纲目》将百合归为菜部，并引南北朝陶弘景语："人亦蒸食之。"引明代汪颖语："百合新者，可蒸可煮，和肉更佳，干者作粉，最益人。"百合鳞茎作为中草药历史亦十分悠久。《神农本草经》将百合列为中品，主治邪气腹胀心痛，利大小便，补中益气。根据《中国药典》2020年版记载，百合具有养阴润肺、清心安神的功效，常用于阴虚燥咳、劳嗽咯血、虚烦惊悸、失眠多梦、精神恍惚等症。

至于口感和滋味方面，宋代学者陈景沂曾在《群芳备祖》中记录了这样一桩轶事，说宋代一个叫王右丞的人当年曾一度流落他乡，饥饿时只能以百合为食，并作诗："冥搜到百合，真使当重肉。软温甚鸥蹲，莹净岂鸿鹄。"意思是说，百合的美味足以媲美肉食，颜色晶莹剔透堪比鸿鹄肉，口感软糯温和甚至超过了芋头。一番描述下来，倒是叫人对百合的滋味心生向往。据现代研究表明，百合鳞茎富含百合皂苷、秋水仙碱等多种生物活性成分，以及淀粉、蛋白质、脂肪、粗纤维、矿物质、维生素等多种营养成分，确实兼具食用和药用价值。目前，药用百合主要包

百合
"云裳仙子"仙在哪里?

括卷丹、百合（野百合的变种）、山丹等三种，而食用百合主要有卷丹、龙牙百合、兰州百合等栽培面积较大的种类。现代人常用百合熬粥，煮熟的百合如《群芳备祖》所描述细腻绵软，口感极佳。此外，百合还可以凉拌、清炒、蒸炖等，同样鲜美可口。

夏日妍长时，百合正当令。晁补之静卧房中，轻叹："永日向人妍，百合忘忧草。"它那洁白如玉的花瓣在微风中轻轻摇曳，宛如天上的仙子在翩翩起舞。百合的美如梦如幻，难怪《集异记》中的秀才分不清现实与梦境。所幸就如陈岩的诗中所说"林梢一点风微起，吹作人间百合香"，百合之香浓郁而独特，大抵只有这沁人心脾的芬芳，才能让人从梦境中清醒过来。

明星 植物档案

山丹
Lilium pumilum

纲目科属

单子叶植物纲 百合目
百合科 百合属

基本特征

鳞茎卵形或圆锥形，高2.5～4.5厘米，直径2～3厘米，白色。

茎高15～60厘米。叶散生于茎中部，条形，长3.5～9厘米，宽1.5～3毫米。花单生或数朵排成总状花序，鲜红色，通常无斑点，下垂；花被片反卷，长4～4.5厘米，宽0.8～1.1厘米；花丝长1.2～2.5厘米，无毛，花药长椭圆形，长约1厘米，黄色，花粉近红色；柱头膨大，径5毫米，3裂。

蒴果矩圆形，长2厘米，宽1.2～1.8厘米。

分布地

河北、河南、山西、陕西、宁夏、山东、青海、甘肃、内蒙古、黑龙江、辽宁和吉林等地。

植物知多少

什么是茎的变态?

大多数植物的茎,生长在地面以上,具有节,在节上生长着叶和芽,但是有些植物为了适应不同的功能,茎在形态结构上常发生了一些变化,这就是茎的变态。

地上茎的变态,常见的有叶状枝(如假叶树、竹节蓼)、茎卷须(如南瓜、葡萄)、枝刺(如皂荚、山楂)、肉质茎(如仙人掌)等。地下茎的变态,常见的有根状茎(如竹类、莲)、块茎(如土豆)、球茎(如荸荠[bí qí]、苤[piě]蓝)、鳞茎(如百合、洋葱、大蒜)等。尽管变态茎的形态迥异,但都能看到节、叶等茎的基本形态特征。

山丹 生长日历

	1月	2月	3月	4月	5月	6月	7月	8月	9月	10月	11月	12月
栽种			▓	▓					▓	▓		
开花							▓	▓				
结果									▓	▓		

[宋]佚名·竹子（局部）

薜荔

枝头长出『小馒头』

踏莎行　　北宋·欧阳修

雨霁风光，春分天气。千花百卉争明媚。
画梁新燕一双双，玉笼鹦鹉愁孤睡。
薜荔依墙，莓苔满地。青楼几处歌声丽。
蓦然旧事上心来，无言敛皱眉山翠。

宋词寻芳记

春日当然不只万紫千红、繁花似锦，绿意也是春天的重要组成部分。在那一丛碧绿中，蔓藤类植物独成一道风景。而蔓藤之中，又以薜（bì）荔尤得屈原喜爱。他在《九歌·山鬼》中写道"若有人兮山之阿，被薜荔兮带女罗"；在《九歌·湘君》中写道"薜荔柏兮蕙绸，荪桡兮兰旌"；在《九歌·逢纷》中写道"薜荔饰而陆离荐兮，鱼鳞衣而白蜺裳"。

时间来到宋朝，在欧阳修的一处庭院中也可见薜荔的身影。于是某日，在一片风光霁色之中，他即景作《踏莎行》这首词：

春分时节，一阵纷纷扬扬的春雨过后，天空变得澄明如镜。千花百卉争相在这片明媚的春光中绽放。视线移至画梁之上，新燕成双成对，翩翩起舞，再看那玉笼之中，孤独的鹦鹉被浓浓愁云笼罩着忧郁地睡去。

庭院之中，墙上攀附着绿色薜荔，地面爬满了幽幽青苔。听，远处的青楼传来悦耳悠扬的歌声。然而就在刹那间，往事如走马灯一般涌上心头。一时间，"我"竟无言以对，只能紧锁眉头，陷入沉思。

在这首词中，词人重笔写乐景，他先以花团锦簇与满目绿意铺就一幅迷人春色，又用空中掠过一双双比翼飞燕为春景增添数分盎然生机，连耳畔的歌声也是那么悠扬清丽。好像一切景色都格外喜人。然而正是这样的好时节反倒勾出了往事一幕幕，眼前乐景转而生出了哀情，词人的情绪也变得低落起来。

且不说词中哀情，单说"薜荔依墙"之景，总让人不由得多思多想。作为唐宋八大家之一，欧阳修成就卓然，无论在文坛，或是在政坛上都负有盛名。但观其人生却与那依墙薜荔倒有几分相似，皆是始于籍籍无名。

欧阳修，字永叔，号醉翁，晚年又号六一居士，庐陵永丰（今属江西）人士。他出生于1007年，四岁时丧父，后与母亲郑氏相依为命，幼年过得甚是贫苦困顿。1030年，受尽挫折磨难的欧阳修终于进士及第，从此开启了宦海生涯。政坛上，他主张改革政治，反对因循守旧，与当时的保守派冲突激烈，以致仕途崎岖。大抵是自己的仕途走得艰辛，故而欧阳修更乐于提拔贤能之士，如王安石、苏洵父子、张载、程颢等人都曾受其提携。1072年，时年66岁的欧阳修在家中与世长辞，后受赐谥号"文忠"，并得多次追封。诚然他的一生非常坎坷，但最终也算从籍籍无名走到家喻户晓。

再说欧阳修这首《踏莎行》中的植物薜荔，它也叫木莲、鬼馒头、凉粉果等，和榕树、无花果一样，都属于桑科榕属植物，薜荔与榕树、无花果是实实在在的"亲戚"，因此它们有很多相似之处，比如花序均为隐头花序、植株都有乳汁等。不同的是榕树、无花果为直立生长的木本植物，而薜荔是藤本植物（多归为攀援或匍匐灌木），需要依附在其他物体之上生长，因此这首词中"薜荔依墙"，词人用一个"依"字精准描述薜荔的依附属性。

薜荔是常绿植物，幼株比较耐阴，在阴暗的环境下也可以很好地生长，但藤条比较细弱，叶片很小，长约2.5厘米。此时的薜荔，在藤条上会生长一种特殊的气生根，以此可以攀附在树木、石头、墙壁等其他物体上面，使原本柔软的藤条有所支撑，从而不断向更高处爬去。

当薜荔爬到了高处，获取到更多阳光，生长变得迅速，它仿佛变成了另一种植物，藤条变得粗壮，叶子变得宽大，叶长可以达到10厘米，并开始结果繁殖，而这些结果的枝条上不再生长气生根，因为此时已经不用再攀爬了。很多不明所以的人，常常误以为薜荔的幼小植株和结果植株是两种植物。

在阴暗的林下，幼小的薜荔挺着羸弱的藤条默默地生长，它大约并不知道何日才能出头，也不知道将来会是什么样的结局，只是迎着阳光的方向一步一步地向上攀爬，期待着有朝一日站在高处，获得足够的阳光，可以迅速开枝散叶、开花结果，完成自己最终的使命。

薜荔和榕属其他植物一样，花序为典型的隐头花序。它和榕小蜂有着密切的共生关系，薜荔为榕小蜂提供生存场所和食物，

薜荔
藤本植物

薜荔
枝头长出"小馒头"

① 幼小植株
② 结果植株
③ 隐头花序（榕果）
④ 雌花果
⑤ 瘿花果

而榕小蜂则为薜荔传播花粉。薜荔是雌雄异株植物，也就是说植株有雌雄之分，雌株上长出的隐头花序（将发育形成果实）称作雌花果，内部只有专供结果实的雌花，授粉后可结果实，但不接受榕小蜂产卵，主要作用是为薜荔繁殖后代；雄株上长出的叫瘿（yǐng）花果，内部有雄花和专供榕小蜂产卵的雌花即瘿花，主要用于生产花粉，并为榕小蜂提供繁育的场所。

每年的四五月份，雌性的榕小蜂携带花粉，四处搜寻隐头花序，一旦找到，便从隐头花序顶端的小孔进入花序内部。尽管小孔的长度很短，但内侧螺旋生长了许多薄片，用来阻止非授粉昆虫的进入，即便对体型只有 2~5 毫米的榕小蜂来讲，这也是不小的挑战。榕小蜂需用头顶，用脚蹬，才能在排列紧密的薄片间挤出一些微小空间，然后将身体一点一点向前推进。从钻入花序到抵达内部，榕小蜂需要花费 1 个多小时，而且榕小蜂在整个过程中不是触角断裂，就是翅膀脱落，损伤十分严重。然而，更可怕的事情还在后面。

薜荔的隐头花序中，仅有一小部分是供榕小蜂产卵的瘿花果，而且榕小蜂并不能分辨，所以大多数榕小蜂满怀希望，费尽千辛万苦，终于到达花序内部的时候，才发现自己误入雌花果，根本无法产卵，它开始焦急地四处来回爬动寻找产卵的地方，甚至试图通过小孔钻出花序，但都以失败告终，直至体力耗尽带着

薜荔
枝头长出"小馒头"

遗憾死去。与此同时,榕小蜂在来回爬动的时候,不经意间已经用身体上附着的花粉为薜荔雌花完成了授粉,因此,对于榕小蜂来讲,进入雌花序就意味着无法完成自身繁殖,而对于薜荔来讲,榕小蜂为其完成了传粉,实现了结果繁殖。

另一部分榕小蜂是幸运儿,它们进入了薜荔的瘿花果,并在瘿花中产下自己的卵,这些卵将在这里孵化、化蛹并羽化为新一代的榕小蜂,而薜荔则为其生长发育提供了一个非常安全的场所,并且管吃管住。一只榕小蜂在瘿花果中可以产卵约500枚,这巨大的数量足以抵消大部分榕小蜂繁殖失败对种群的影响,维持了种群数量的稳定。

薜荔的雌花果在授粉后,于当年的八九月份成熟,而瘿花果在第二年四五月份才发育成熟,那时候雄花开始释放花粉,榕小蜂正好开始羽化,当雌性的榕小蜂沾满花粉从小孔中爬出时,新的轮回也正式开始。

比起薜荔植株本身,或许薜荔的雌花果更为大众熟悉。薜荔的雌花果和无花果形状近似,人们将这种山野果子稍加工,便可以制作成一份美味食品——白凉粉。

因为薜荔果有瘿花果和雌花果之分,而做凉粉是用雌花果,所以在采摘的时候必须学会区分:瘿花果呈梨形,先端平截,捏起来略松软;而雌花果近球形,先端突出,捏起来紧实,剥开后里面充满籽粒（瘦果），而这些籽粒才是制作凉粉的关键。将摘下的薜荔果切开，用勺子将里面的籽粒刮出来，晾干备用，也可以存放。制作凉粉的时候，只需要取一些籽粒装进布袋，再浸入一定比例的水中，然后用手不断揉搓，使种子表面的物质充分溶解到水里，等到水变成淡黄色，略微黏稠就可以了，只需静置一会儿，这些水就会自行凝固，变成正宗的手搓凉粉。

用薜荔果做的凉粉，晶莹剔透，嫩滑Q弹，食用的时候加糖水或蜂蜜，再配上葡萄干、花生碎、水果等小料，还可以进行冷藏食用，一勺入口，炎热赶走，绝对是夏日的消暑良品。

薜荔果之所以可以制作凉粉，是因为它的果实表面富含果胶，早在清代《植物名实图考》就有记载，"薜荔……其实中子浸汁为凉粉，以解暑"，说明我国很早就使用薜荔果来制作凉粉食用了。夏季南方地区售卖的小吃木莲羹，其实就是用薜荔做成的白凉粉，因为薜荔果的形状看起来像莲蓬一样，所以才有木莲的称呼。在台湾十分流行的地方小吃爱玉冰，是用薜荔的一个变种——爱玉子制作而成，制作食用的方法和白凉粉基本一致。《台湾通史》中曾记载这样一个故事：清朝道光初年，有一个商人往来于嘉义山间。一日酷暑，他想着在溪边掬一捧溪水解渴，却意外发现水面竟结成水冻，清凉异常。仔细观察后发现，溪旁有散落的果实，而这些水冻便是由这些果实生成的。于是，他把果实带回家中,制成凉粉交由女儿爱玉售卖。这些凉粉拌糖浆、兑茶饮皆成风味,一经售卖,轰动一时。于是当时的人亲昵地称之为爱玉子。

此外,在四川等西南地区,人们喜欢吃的一种凉粉叫冰粉,也是通过手搓植物种子来制作的,这种植物名叫假酸浆,属于茄科假酸浆属,和薜荔没有任何亲缘关系,但其种子表面亦富含果胶,因而可以用来制作凉粉。

有人说,薜荔既无香气,又无婀娜之姿,能独得屈原青眼盖因其柔媚贞顺之美。屈原之心,今人实难了解。但观毛泽东同志一句"千村薜荔人遗矢",虽意在写村落破败之景,却也叫人意外窥得薜荔的另一重形象:它们微不足道,无人照料,只于无人之处野蛮生长。从籍籍无名长到家喻户晓,岂是一朝一夕之功?又哪里能无风无雨?如此坚韧之心,怎能不令人动容?

宋词寻芳记

明星 植物档案

薜荔
Ficus pumila

纲目科属

双子叶植物纲 荨麻目 桑科 榕属

基本特征

攀援或匍匐灌木，叶两型，不结果枝节上有气生根，叶卵状心形，长约2.5厘米。

结果枝上无不定根，革质，卵状椭圆形，长5~10厘米，宽2~3.5厘米。

榕果单生叶腋，瘿花果梨形，雌花果近球形，长4~8厘米，直径3~5厘米。雄花生榕果内壁口部，雌花生另一植株榕果内壁。瘦果近球形，有黏液。

分布地

福建、江西、浙江、安徽、江苏、台湾、湖南、广东、广西、贵州、云南、四川及陕西等地。

宋词 里的"秘密"

词牌"踏莎行"是什么意思？

踏莎行，词牌名。莎（suō）：莎草，是一种常见的野草，广泛分布于热带、温带，其块茎入药，叫香附，夏季开花。

踏草是唐宋时期广为流行的活动，又叫踏青，北方一般在清明时节前后踏青。所以，踏莎行调名本意是咏古代民间盛行的春天踏青活动。又名踏雪行、踏云行、柳长春等。

这个词牌名由北宋宰相寇准创立。有一次春游宴会上，寇准望着眼前美景，脑海中浮现出唐朝诗人韩翃所作"踏莎行草过春溪"的诗句，于是借着相似的意境吟道："春色将阑，莺声渐老，红英落尽春梅小。画堂人静雨蒙蒙，屏山半掩余香袅。密约沉沉，离情杳杳，菱花尘满慵相照。倚楼无语欲销魂，长空黯淡连芳草。"词句既描绘春光，也隐隐带着对某位女子的思念，只作词不够尽兴，寇准同时也创作了曲调，并命乐工弹唱。乐工问："这词调是什么名字？"寇准沉吟片刻，说："就命名为《踏莎行》！"

词牌《踏莎行》的格式便由此确立下来。

薛荔 生长日历

	1月	2月	3月	4月	5月	6月	7月	8月	9月	10月	11月	12月
栽种												
开花												
结果												

〔宋〕马远·山水图（局部）

凌霄

生存必备独特「绝招」

谒金门　　南宋·苏庠

何处所。门外冷云堆浦。竹里江梅寒未吐。
茅屋疏疏雨。谁遣愁来如许。
小立野塘官渡。手种凌霄今在否。
柳浪迷烟渚。

幼时曾在乡下土墙头见过一簇如瀑布般的花藤，绿意映着红花从半高的墙头上倾泻而下，在微风中摇曳生姿。乡人说那是凌霄花，命贱好养活，而我只满心觉得这簇花美得惊艳，连厚重残破的土墙也能装点得诗情画意，如梦如幻。等到成年后读这首《谒金门·怀故居作》时，恍惚间竟似乎又站在了幼年时的那面土墙前，于是很轻易便能从词里的那句"手种凌霄今在否"中读懂了词人对故居的思念：

此处是何处？门外的水畔堆满层层冷云。竹林之中，江梅因为天气寒冷，还未绽放。稀疏的茅屋在细密的雨中若隐若现。

是谁令"我"心中泛起许多忧愁？"我"安静地站在野塘旁的渡口，任由思绪渐渐越飘越远。也不知从前"我"亲手种下的凌霄花如今还在吗？抬眸，只见眼前是烟雾缭绕的水洲，柳树的枝条轻轻摇曳着，好似海面翻起层层波浪。

这首词以"何处所"作为开篇，不仅为读者设下悬念，更为全词定下了迷茫的基调，表达了羁客对身处之地的陌生感和不确定感。紧接着，词人围绕眼前景象展开了细腻描写，用"冷云""江梅""雨"等景物进一步渲染了凄清、孤寂的氛围。高潮之处，词人用一句"谁遣愁来如许"直抒胸臆，抒发了自己心中深深的愁苦和无奈，使得整个意境中酝酿的情感得到了充分释放和表达。

写这首词的词人名叫苏庠（xiáng），字养直，号眚（shěng）翁，更号后湖居士、后湖病民，泉州（今属福建泉州）人。他生

凌霄
生存必备独特"绝招"

于 1065 年,早年曾有入仕之心,但因犯讳而被黜,此后便绝了入仕之心。1147 年,以布衣终老。苏庠的诗词风格淡雅清新,在文坛上享有盛名。他所作的《清江曲》连苏轼都夸,足以比肩李白。题材方面,他以自然景物见长,字里行间流露着宁静深远的意境与超脱尘世的隐逸情怀。

这首《谒金门》的题注是"怀故居作"。但观全词,却只有一句"手种凌霄今在否"与旧居直接相关。在本篇中,凌霄花对词人而言,或许已不再是简单的花草,而是一个连接过去与现在的情感纽带。至于为什么是凌霄,而不是别的什么花,大概是因为凌霄开得足够热烈,但又确实是乡间寻常可见的花朵。

凌霄,是紫葳科凌霄属植物,为木质攀援藤本,利用气生根攀附在其他物体之上;羽状复叶,小叶 7~9 枚;花朵像个大漏斗,前端有裂片 5 个,内面鲜红色,外面橙黄色;果实为蒴果,长约 10 厘米。凌霄产自长江流域以及河北、山东、河南、福建、广东、广西、陕西等地,常生于山谷、小河边、疏林下,现今庭院里常见栽培。

凌霄栽植广泛而悠久,因此有许多别称,例如紫葳、苕华、陵苕、过路蜈蚣、上树龙等。早在《诗经·小雅·苕之华》中就有:"苕之华,芸其黄矣……苕之华,其叶青青……"其中的"苕"就是凌霄。南宋朱熹在《诗经集传》中解释:"苕,陵苕也,《本草》云即今之紫葳。蔓生,附于乔木之上,其华黄赤色,亦名凌霄",可见"苕"就是凌霄的早期名称,而且能看出其名称从最早的"苕""陵苕"到"紫葳""凌霄"的转变。至于紫葳和凌霄这两个最常用的名称,明代李时珍在《本草纲目》中记载了其来由:"俗谓赤艳曰紫葳葳,此花赤艳,故名。附木而上,高数丈,故曰凌霄。"也就是说它因花朵红艳而得名紫葳,又因藤体高入云霄而得名凌霄。

凌霄属于藤本植物。和直立的乔木、灌木不同,藤本植物的茎常细长柔软不能自立,必须攀附在其他物体之上,才能向上生长获取更多的阳光,为此,藤本植物在长期的进化过程中都形成了各自的攀缘"绝招"。例如,牵牛、豇豆、紫藤、何首乌

凌霄

凌霄
生存必备独特"绝招"

等藤本植物,没有特殊的攀缘器官,仅依靠自身柔软细长的藤条,缠绕在支持物上,向上延伸生长;黄瓜、葡萄、丝瓜、葫芦、豌豆等,则进化出了一种特殊的变态器官——卷须,这些卷须如同藤本植物长出的一条条手臂,可以牢牢地抓住支持物;爬山虎、常春藤、络石、薜荔等,则有着十分发达的气生根或者吸盘,可以吸附在其他物体上;还有蔷薇、叶子花、藤本月季等,既不能缠绕,也没有特殊的攀缘结构,但是通过植株上的倒刺、枝条等,也可以攀附在其他物体上向高处生长。

凌霄的"绝招"正是气生根。在生长过程中,凌霄的茎节处会生长出许多气生根,这些气生根碰到树木、墙壁、岩石等物体时,就会紧紧地吸附在上面,使得凌霄的植株可以借力爬向高处,得到更多的阳光。过路蜈蚣、上树龙等别称,都是对凌霄以气生根"附木而上"的生动描述。

人们对凌霄的攀缘习性早有了解,但看法截然相反。有人褒扬凌霄,认为凌霄虽为柔弱藤本,却志存高远,有凌云壮志。宋代贾昌朝的《咏凌霄花》有诗句"披云似有凌霄志,向日宁无捧日心",赞美凌霄有枝高凌云之志,无阿谀奉承之心。

有人贬低凌霄,认为凌霄趋炎附势,攀附高枝。唐代白居易的《有木诗八首·其七》中写道:"有木名凌霄,擢秀非孤标。偶依一株树,遂抽百尺条。托根附树身,开花寄树梢。自谓得其势,无因有动摇。一旦树摧倒,独立暂飘飖。疾风从东起,吹折不终朝。朝为拂云花,暮为委地樵。寄言立身者,勿学柔弱苗。"诗中先说凌霄的依附权贵、自我陶醉,再写它没有根基,容易被疾风吹折、沦为柴火,最后警诫后代切勿学做凌霄这样的"柔弱苗"。清代赵翼的《庭前杂咏·凌霄花》有诗句:"偏是陵苕软无力,附他乔木号凌霄。"借凌霄之名对那些自己柔弱不堪、依附他人还扬扬得意的人狠狠地进行了讽刺。当代诗人舒婷的《致橡树》中也写道:"我如果爱你,绝不像攀援的凌霄花,借你的高枝炫耀自己。"此诗流传甚广,给人们留下了凌霄花攀附炫耀的负面印象。

其实,植物的生存方式,是它们在漫长进化过程中探索出适应周围环境的最佳方案,不能用人类的眼光去看待、评价,植物也不会因为人类的不同看法去自轻、改变。

凌霄每年5~8月开花,一朵朵喇叭似的橙色花朵在夏日骄阳下缀满绿色藤蔓,热烈而美丽,故而在园林绿化中凌霄被广泛应用,既可以做成美丽的花廊、花门,也可以用于墙面的垂直绿化。我国栽种的凌霄,除了凌霄本种,还有原产北美的厚萼凌霄(也称美国凌霄),以及通过杂交而来的杂交凌霄。由于杂交凌霄的适应性强、花量更多、花期更长,因而栽培应用最为广泛,是最常见的凌霄。三者的主要区别是:

凌霄的花萼是绿色,有5棱,先端裂至1/3位置;花冠的筒部近1/2为花萼包裹,花冠较大。厚萼凌霄的花萼与花冠同色,为深红色，近肉质，光滑无棱，先端浅裂，花冠明显较小，直径仅为长度的1/3。杂交凌霄的花萼带橙色，较圆，无棱或微有棱，花冠有折痕，

厚萼凌霄

花冠直径仅略小于长度。此外，还有非洲凌霄、硬骨凌霄、粉花凌霄等，因栽植较少，不再赘述。

中医一般认为凌霄花有行血之功，孕妇服用容易动胎气，因此该药孕妇慎用。清代吴其濬在《植物名实图考》中记载，他曾到云南，听人说有一种植物叫堕胎花，相传即便是鸟儿从此花旁边飞过，腹中鸟蛋也会坠落，经过查看核实，正是凌霄。不过，他接着就反驳了这一可笑的说法：攀附着凌霄花的松树上，常有鸟雀飞来飞去，在枝上聚集，哪里见过有鸟儿胎死蛋落的？鼻子不闻其臭，嘴巴不尝其味，而药性还能到达腹中，没有这样的道理！

或许这世间便是如此，越是美好的事物便越容易惹人非议。对于凌霄花来说，与似火花期相伴而来的，有称赞，有中伤，有讥讽，也有爱护与挂念，但它都不为所动，依旧在炎炎夏日里热烈地绽放，尽情地绽放。

明星 植物档案

纲目科属

双子叶植物纲 管状花目
紫葳科 凌霄属

凌霄
Campsis grandiflora

基本特征

攀援藤本，茎木质，以气生根攀附于它物之上。叶对生，为奇数羽状复叶，小叶7~9枚。顶生疏散的短圆锥花序，花序轴长15~20厘米。

花萼钟状，长3厘米，分裂至中部。花冠内面鲜红色，外面橙黄色，长约5厘米，裂片半圆形。花柱线形，长约3厘米，柱头扁平，2裂。

蒴果顶端钝，长约10厘米。

分布地

产于长江流域各地，以及河北、山东、河南、福建、广东、广西、陕西等。

凌霄
生存必备独特"绝招"

宋词里的"秘密"

词也有"变"与"不变"？

我们知道，一个词牌对应一个固定的格律，但是，偶尔也会发现，两首同样词牌的词作，字数、句数、句读、押韵等方面却不完全相同，这是怎么回事呢？

这是因为词牌有正体和变体之分。

词的正体一般固定词牌格律规则，以律句为主或基本用律句。使用频率最高，或出现最早。

词的变体是在正体基础上，出现字数、句读、平仄、押韵等变化，但是大部分格式仍然与正体一致的变调称为变体，变化过多，就不再是变体，而是同名异调了。

凌霄 生长日历

	1月	2月	3月	4月	5月	6月	7月	8月	9月	10月	11月	12月
栽种			●	●								
开花					●	●	●	●				
结果										●	●	

［宋］赵佶·写生翎毛图（局部）

杨梅

酸甜之中,愁从何处来?

诉衷情　　北宋·晁补之

小园过午,便觉凉生翠柏。
戎葵闲出墙红,萱草静依径绿。
还是去年,浮瓜沈李,追凉故绕池边竹。
小筵促。忽忆杨梅正熟。
下山南畔,画舸笙歌逐。愁凝目。
使君彩笔,佳人锦字,断弦怎续。
尽日栏干曲。

夏日初至的时节正是杨梅成熟时。杨梅这一水果自古以来就颇受人们喜爱,历史上有关杨梅的文学作品更是数不胜数,最早提及此物的是司马相如的《上林赋》。当时司马相如在极笔描绘汉天子上林苑之壮丽时,特地罗列了各类奇珍佳果,其中有一句便是"楟枣杨梅,樱桃蒲陶"。可见在汉代,杨梅也是不可多得的佳果。无独有偶,明朝名相徐阶也曾盛赞杨梅,认为其美味丝毫不逊色于惹得杨贵妃展颜笑的荔枝,诗道:"若使太真知此味,荔枝焉得到长安?"杨梅的美味可见一斑。

除了吃进嘴里的酸甜滋味,杨梅的可口还承载着千丝万缕的愁滋味。在文学作品中将杨梅与愁联系在一起的文人并不在少数。晁补之也在其列,他所写的《诉衷情·近夏日即事》正是从寻杨梅起,渐渐愁绪翻涌:

熬过了晌午的闷热,小园内的躁意才稍稍退下,青翠的柏树深处渐渐泛出一丝凉意。墙边,簇簇蜀葵悠然绽放,将一抹红送出墙头。脚下,碧色的萱草幽幽,好似伴径而生。如此情景,令"我"不由得想起去年:大约也是这样一个闲适夏日,池畔绿荫下,寒泉冰着消暑的瓜李,而"我"便在那竹林间来回漫步,只求一晌清凉。

不多时,筵席已然备妥,家人声声催促入席。而"我"此时却忽然灵光一闪,惊觉眼下正是杨梅成熟时,一时兴起决定下山求取。

杨梅
酸甜之中,愁从何处来?

只可惜,未见杨梅,倒见识了山下的繁华如何迷人眼:画舫徜徉碧波间,游人渐行渐远,唯有笙歌之声仍在耳畔回荡。那乐声声声入耳,钻进心里勾出了许多回忆,许多愁。

仍记得任职郡守时,多么意气风发,手执彩笔挥墨即文章,更有佳人在侧红袖添香。而如今弦已断难再续,徒留形单影只徘徊曲栏间。

晁补之在写这首词的上下阕时显然是不同的心情。上半阕里,他写尽小园的夏日风光,既有翠柏与红葵辉映,又有小径萱草幽幽。良辰美景中,更忆起去年追凉趣事,浮瓜沉李,怡然滋味自不必说。然而随着"促"字一转,宁静与悠闲被打破,他本是兴起寻杨梅而去,却在"画舸笙歌逐"前愁上心头。

至于这番愁从何来,便不得不从晁补之的人生经历说起。晁补之出生于1053年的官宦世家,其祖上可追溯至汉代名臣晁错。如此家世背景将晁补之蕴养得才气飘逸,志向高远。在初入仕途之时,他确实怀抱着少年意气,企图在朝堂上大展身手。只是或许时运不济,彼时的大宋朝廷时局并不安稳,他一入仕途,便犹如一叶扁舟在这片宦海之中沉沉又浮浮。经年折腾下来,晁补之身心俱疲,渐渐生了隐退之心。大观年间,晁补之效仿名士陶渊明在家乡修筑了一处园子,取名"归来园",自号归来子,以期在归隐中寻得自在。

这首《诉衷情·近夏日即事》中所说的"小园"大抵指的

是晁补之的那所"归来园"。正如词的上阕所述，他或许确实在这处小园中寻得半晌悠然，但不同于陶渊明的释然与豁达，晁补之的这次隐居更像是无可奈何之下的自我尘封。这样的压抑禁不住情与事的撩拨，寻常日子倒也罢了，一旦触景则一腔愤然必如九天瀑布倾泻。若非如此，此次他又怎么会落得寻杨梅不得，反寻来满心愁的结果？

晁补之在寻杨梅途中触景生愁，而其他的大多数文人往往都是因杨梅本身生发出愁来，这份愁便是乡愁。譬如，宋朝诗人四锡在《和温仲舒感怀》中写道："上国三千五百里，杨梅熟日是归期。"又如，王安石在《题齐安寺山亭》中写道："此山无蹢躅，故国有杨梅。怅望心常折，殷勤手自栽。"再如，清代杨芳灿在《迈坡塘·杨梅》一词中写道："况消渴，年来最忆吾家果。"寥寥几句道出了无尽乡愁。

不仅古代，现代小学教材中也有一篇课文写杨梅，题名为《我爱故乡的杨梅》。少时读此文，只将它视作一篇寻常的咏物佳作，只叹怎么有人能将杨梅的形、色、味写得这般细腻？到如今背井离乡，独自打拼时，再读此文，才读懂夹在字里行间的丝丝乡愁。于是千言万语也都化作文中那一句："唉，唉，故乡的杨梅呵……"

杨梅之所以承载着如此浓厚的乡愁，大概是因为它本身就有着非常明确的地域特征。它是我国南方的著名水果，栽培历史

杨梅
酸甜之中，愁从何处来？

悠久，品种繁多，也叫山杨梅、朱红、珠蓉、树梅等。之所以被广泛叫作杨梅，《本草纲目》中记载了其中一种缘由："其形如水杨子，而味似梅，故名。"杨梅名称的由来其实有很多种说法。在许多诗词作品中，杨梅常常不以"杨梅"之名见人。例如在《七字谢绍兴帅丘宗卿惠杨梅》中，杨万里就亲昵地将杨梅称作"吾家果"，说："故人解寄吾家果，未变蓬莱阁下香。"

另一则民间传说是当年隋炀帝杨广巡游江南时，第一次品尝到被当地人称为"无皮果"的水果，觉得颜色鲜艳，酸甜可口，便以国姓赐名，称作杨梅。

杨梅与隋炀帝的联系远不止于此。《海山记》中记载：隋炀帝在位时贪图享受，在京城洛阳开辟了方圆二百里的土地，建设了西苑皇家园林，收罗了天下的鸟兽草木，其中就有扬州进贡的杨梅。有一天，一位夫人向隋炀帝报喜说，昨晚仿佛听到空中有很多人说"李木当茂"，等早上起来的时候，就看到院中李树一夜之间长大，树冠遮盖数亩，这是吉兆啊。隋炀帝沉默了很久，准备下令把这棵李树砍伐了，在左右的劝阻下才作罢。又过了一天，另一位夫人上奏说，院中的杨梅一夜之间长得很茂盛。隋炀帝听后非常高兴，忙问是杨梅树茂盛，还是李树茂盛？夫人说，杨梅虽然茂盛，但是比不上李树。后来，等到杨梅和李树都结果了，隋炀帝问几位夫人哪种果子好吃？夫人们都回答，杨梅虽然不错，但是有点酸，没有李子甘甜。隋炀帝不禁感慨，这是天意教人厌恶杨梅而喜欢李子啊！再后来，杨梅树突然枯死，隋炀帝果然就驾崩了。在这个故事里，杨梅树代表隋朝杨家，李树代表唐朝李家，树木荣枯则隐喻了朝代更迭。故事中的巧合之多令人咋舌，大抵是人们依着杨梅的植株特性杜撰而来的。

杨梅是常绿小乔木，叶子革质，长椭圆形，光滑无毛，密集地生长在小枝顶端，约在 4 月开花。植物开花结果，按道理是稀松平常的事情，可是到了杨梅这儿，开花竟成了谜团。有人说，没有见过杨梅开花。有人说杨梅在除夕晚上整树开花，一开即谢，所以见不到。还有人说，不能看杨梅开花，杨梅被看见了开花，就不结果了。也有人说，杨梅开花是不祥之兆，看见了就会带来厄运，甚至有"杨梅开花，全村搬家"的说法。流传出这些诡异的传说，大概与杨梅开花和其他植物有点不一样有关。

杨梅属于雌雄异株植物，通俗一点讲就是杨梅分雄树和雌树。杨梅雄树上只生长雄花，负责提供花粉，并不结果，只有杨梅雌树上才生长雌花，才能结出果实。此外，杨梅的雄花序长而粗壮，开花时比较明显，而雌花序短而细瘦，开花时不明显。这一显一隐，就解释了为什么很多人没有看见过杨梅开花，正是因为雌花开放时不明显，不仔细观察根本就看不到。而"看见杨梅开花就不会结果"的说法，大概率是看到了杨梅雄树，虽然花朵繁盛，但都是雄花，根本就不会结果。至于其他离谱的传说，大约都是人们在这两种情形的基础上演绎出来的。

杨梅
酸甜之中，愁从何处来？

① 雄花枝
② 雄花
③ 果枝
④ 果实剖面
⑤ 果核及种子
⑥ 雌花序
⑦ 雌花

杨梅　木本植物

每到夏初,杨梅树上挂满了圆圆的、青绿色的果实。随着这些果实逐渐泛黄、变红,直至最后变成了深红色,空气中飘出一股独特香味,这就代表着杨梅成熟了。成熟的杨梅,色泽红艳,果肉松软,香味浓郁,酸甜多汁,送一颗入口便是味蕾的奢华享受,忍不住要再送一颗进嘴,让嘴巴里充满红色的汁液。

作为著名的江南水果,在宋代,杨梅的大量生产已经初具规模,据《嘉泰会稽志》记载,当时项里、何塔、六峰、塘里盛产杨梅,并且形成了众多的地方优良品种。如官长梅、孙家梅、圣僧梅、白蒂梅、金家晚梅等。因此我们很容易在宋代诗词画、美食中看到杨梅的"身影"。在文人的生活中,每到夏季,餐桌上必然少不了杨梅。现存南宋著名诗人陆游所作杨梅诗二十多首,从他给杨梅写了如此多的诗,可以看出他对杨梅的喜爱。如《门屋纳凉》:"今年项里杨梅熟,火齐骊珠已满盘。"《项里观杨梅四首·其一》:"山前五月杨梅市,溪上千年项羽祠。"陆游不仅喜欢吃杨梅,他在《稽山行》一诗中也热情地赞赏采摘杨梅的盛景:"项里杨梅熟,采摘日夜忙。"

不知道古人吃杨梅是不是也会遇到这样的一个小烦恼。杨梅的果实里经常出现小白虫,人们甚至把杨梅称为"荤素搭配"的水果。杨梅里的小白虫其实是果蝇的幼虫,由于没有外壳保护,所以杨梅深受果蝇危害,小白虫数量较多。尽管通过科学防治,可以减少果蝇数量,但是始终是无法完全除尽的,这是水果自然种植无法避免的情况,在樱桃、柑橘等其他水果上也有类似情况。所幸

杨梅
酸甜之中,愁从何处来?

这些小白虫只是让人感觉恶心,吃下去并不会对人体造成任何危害。因此,买回来的杨梅,只需要用淡盐水浸泡几分钟,大部分小白虫就会自动跑出来,再用清水冲洗干净就可以放心食用了。

杨梅果实从成熟到过熟,仅有短短的七八天时间,采摘得早了,过于酸烈难以入口,晚了则腐烂变味,色香俱失,即便采摘时间恰到好处,这些摘下的杨梅常温保存也不能超过三天,娇气程度堪比"一日色变,二日香变,三日味变,四日色香味尽去"的荔枝。荔枝尚有厚实的外壳保护,而杨梅则是完全将果肉暴露在外面,所以在物流不发达的过去,多数北方人无缘一见这一江南鲜果。

当然这难不倒智慧的人们。为了长久地留住杨梅的美味,人们想了很多办法,如以盐藏、蜜渍、酿酒等方法将其加工成杨梅干、杨梅酱、杨梅蜜饯、杨梅酒等。如此就可以将杨梅长久保存了。绍兴的杨梅历史悠久,久负盛名。"稽山杨梅世无双,深知风味胜他乡。"因此,人们发明了一种饮品叫"杨梅烧"。糟烧被誉为"绍兴茅台酒",用糟烧来浸杨梅,既延长了杨梅的生命和食用期,又产生了有别于新鲜杨梅的口感和风味,可以说酒浸杨梅是一种保存杨梅的有效方法。"烧"既含有酒精度,又有杨梅成熟风味之意,因此"杨梅烧"这个名字十分生动贴切。

杨梅酒制成后少了白酒的辛辣刺激,更添了几分柔和甘甜。特别是因为汲取了杨梅的天然色素,杨梅酒的酒体颜色红艳,更令人食欲大增,大抵也能消去心上眉间几分愁。

明星 植物档案

杨梅
Myrica rubra

纲目科属

双子叶植物纲 杨梅目 杨梅科 杨梅属

基本特征

常绿乔木，高可达 15 米以上。叶革质，无毛，常密集于小枝上端部分，叶柄长 2 ~ 10 毫米。

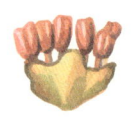

花雌雄异株。雄花序单独或数条丛生于叶腋，圆柱状，长 1~3 厘米，通常不分枝，呈单穗状。

雌花序常单生于叶腋，较雄花序短而细瘦，长 5~15 毫米。

每一雌花序仅上端 1 枚，偶见 2 枚，雌花能发育成果实。

核果球状，外表面具乳头状凸起，直径 1~1.5 厘米，外果皮肉质，味酸甜，成熟时深红色或紫红色。核常为阔椭圆形或圆卵形。

分布地

产于江苏、浙江、台湾、福建、江西、湖南、贵州、四川、云南、广西和广东等地。

杨梅

酸甜之中,愁从何处来?

植物 知多少

叶子也有不同"体质"?

不同种类的植物,叶片的质地是不同的,常见的有以下几种。

▶ 革质:叶片厚实坚韧,似皮革,如荷花、玉兰、山茶、枇杷等。

草纸质:叶片薄而柔软,如杏、梨、陆地棉等。◀

▶ 肉质:叶片肥厚多汁,如芦荟、马齿苋等。

杨梅 生长日历

	1月	2月	3月	4月	5月	6月	7月	8月	9月	10月	11月	12月
栽种		●								●		
开花				●								
结果						●						

113

［宋］赵令穰·湖庄清夏图（局部）

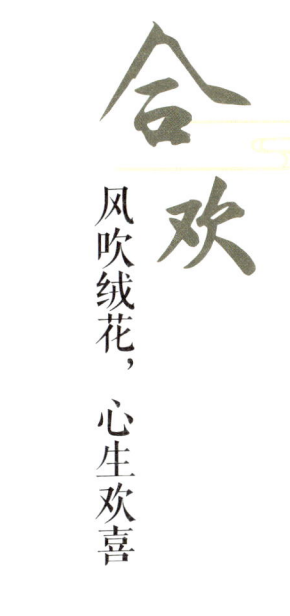

合欢

风吹绒花,心生欢喜

踏莎行　　南宋·周紫芝

风翠轻翻,雾红深注。鸳鸯池畔双鱼树。合欢风子也多情,飞来连理枝头住。

欲付浓愁,深凭尺素。戏鱼波上无寻处。教谁试与问花看,如何寄得香笺去。

合欢，合欢，光听名字便叫人心生欢喜。在传统文化里，合欢树被视为吉祥的象征，寓意着家庭和睦、夫妻恩爱。在现代作家史铁生的书中，合欢树承载了他对母亲的哀思和眷恋，也寄托了母亲对他的殷切关怀。至于在宋代词人周紫芝笔下，合欢花则寄托了他对美好爱情的向往：

翠色的树叶在风中轻轻摇曳。红色雾霭在空气中弥漫开来。看鸳鸯池畔，两棵树相互依偎，状如双鱼。抬头看那树上的合欢花与凤凰花，它们也是那样多情，飞在枝头宛若一双双眷侣。

"我"试图将满腔愁情寄托于书信之上。然而湖面碧波荡漾，寻不见嬉戏的鱼儿，锦书自然也无处可寄。于是"我"又试图向花儿求教，只想问如何才能将这封香笺送出，以传"我"痴情一片。

这首词的上半阕重在写景，词人巧妙地将风、雾等动景与鸳鸯池、双鱼树等静景相结合，营造出一种朦胧而美丽的氛围。其中"鸳鸯池畔双鱼树。合欢风子也多情，飞来连理枝头住"三句借用鸳鸯、双鱼、合欢、风子、连理的一系列意象暗示了词人对爱情的向往。到了下半阕，词人开始直抒胸臆，表达自己心中的苦闷与惆怅，并在最后再次将情感寄托于自然景物之上，与上阕形成呼应。

写这首词的词人名叫周紫芝，字少隐，号竹坡居士，出生于1082年，宣城（今安徽宣城）人。他曾两赴礼部考试，但都未中举，直至六十一岁时才得进士及第。他早年学晏几道作词，

合欢
风吹绒花，心生欢喜

词风清丽婉曲，后期逐渐形成自己独特的风格。他善于描绘朦胧的意境，词作兼具清婉沉郁的风格，在当时可谓自成一派，颇受追捧。这点从词中那句"风翠轻翻，雾红深注"便可窥得。

词中所写的合欢在古代象征爱情，它是豆科含羞草亚科合欢属的落叶乔木，高可达 16 米。它的叶片较小，长度仅为 6~12 毫米，由 10~30 对的叶片组成羽片，再由 4~12 对羽片组成一枚硕大的叶子，这种叶在植物学上称为二回羽状复叶。花丝细长，可达 2.5 厘米。荚果为带状，长 9~15 厘米。花期在 6~7 月，果期在 8~10 月。合欢在我国东北至华南及西南部各省区均有分布，生于山坡之上，也常人工栽培用作观赏。

合欢

合欢的花十分特殊,其花瓣很短,但花丝很长,这些花丝一直蜷缩在花蕾之中,等到花朵开放时才逐渐伸直,明显地突出于花瓣之外,基部为白色,顶部为粉红色。每朵小花的花丝数量超过20枚,当十几朵小花聚集在花序的顶端时,整个花序看起来就像一个粉红色的绒球,十分可爱。正因为如此,合欢还被称作绒花树、绒线花、马缨花等。每年夏季,合欢整树的花朵完全开放,在绿叶的映衬下,纤茸可爱,团团朵朵,一阵微风吹来更是如云如霞,如梦如幻。合欢花朵如此美丽,加之树冠宽大,叶绿荫浓,被广泛栽植做行道树、观赏树。

合欢的叶子更为神奇,叶片两两相对,具有白天张开、晚上闭合的特性,在清代李渔的《闲情偶寄》一书中就写道:"此树朝开暮合,每至昏黄,枝叶互相交结,是名合欢。"道明了合欢这一名字的来历,除此之外,合欢也被叫合昏、夜合、夜关门等,都是因这一特性而得名。

在古人的眼中,合欢的叶片就像一对夫妻或朋友,他们白天吵架了,相互分开,谁也不理谁,可是到了晚上就和好如初,相互拥抱,就这样合欢被赋予了美好的寓意,代表着夫妻、朋友或家人的和睦友好。

对于合欢寓意的起源,人们有着不同的理解。西晋崔豹的《古今注·草木》记载:"(合欢)枝叶繁,互相交结,每风来,辄

合欢

风吹绒花，心生欢喜

身相解，了不相牵缀，树之阶庭，使人不忿。"似乎是说合欢的枝叶虽然交错，但风来自解，不结怨、不牵连，因而才有和睦和谐之意。清代李渔则说："凡见此花者，无不解愠成欢，破涕为笑。"又似乎是因为合欢美丽梦幻，让人心情变好，忘记愁怨。

还有一种可能，就是由其药效而来。早在《神农本草经》中就有记载："（合欢）主安五脏，和心志，令人欢乐无忧。"三国时期嵇康的《养生论》中也有"合欢蠲（juān）忿，萱草忘忧"的说法，蠲是去除、消除的意思，即合欢可以消除愤怒。根据《中国药典（2020）》记载，合欢花入药，需在夏季花开放时选择晴天采收，或花蕾形成时采收，晒干即成。在花开时采收的称"合欢花"，在花蕾形成时采收的称"合欢米"，中医认为合欢具有解郁安神的功效，常用于心神不安、忧郁失眠等病症。合欢树皮也可以入药，称"合欢皮"，同样有着解郁安神之效。从药效上看，合欢可以消除愤怒，让人们联想到和睦友好的寓意也在情理之中。

当然，这些起源错综复杂，可能相互交叉影响，但无论如何，合欢在人们的心目中总是十分美好的，人们常常把合欢种植在庭园之中，一方面其绿叶如盖，粉花迷人，十分适合绿化观赏；另一方面正是取了夫妻和睦、家庭和谐的美好寓意。

在古代，当朋友之间争吵时，会互赠合欢花，或者共饮合欢茶、合欢酒，以示消怨和解，重归于好；夫妻之间吵架了，家人有时也会把合欢花放置在他们的枕下，希望他们能恩爱和睦。合欢花制作保存都比较简单，只需在开花时采集晾干即可，用时泡水、泡酒，便成了合欢茶、合欢酒。

据记载，唐代有一名进士名叫杜羔，因为父母离世而终日郁郁寡欢，其妻子便在每年的端午节收集合欢花，放置在两人枕头之中，有时发现丈夫心情不好，便取一点合欢花泡酒，丈夫饮后心情便得到了舒缓。

《红楼梦》第三十八回也说，林黛玉吃了点螃蟹，觉得心口微微的疼，便想喝一口热热的烧酒，贾宝玉便令人"将那合欢花浸的酒烫一壶来"，可见此时的合欢花酒也只是将合欢花浸泡在烧酒中，便可饮用，获得解郁安神的功效。

在电视剧《甄嬛传》中，合欢多次出现，首先果郡王居住的凝晖堂就种满了合欢花，"每当入夏时节便如花海一般，老远便闻到那个香味了"。后来甄嬛册封熹贵妃时，果郡王便将堂内所有的合欢花都赠予甄嬛，并说"合欢花最能安五脏和心智，娘娘日后折来赏玩也好，熬粥补身也好，总不辜负了就是。"亦有叶澜依雨中捡拾合欢花等场景，合欢似乎成为小说、电视剧中爱恨情仇的见证，如同清代纳兰性德的词《生查子》："惆怅彩云飞，碧落知何许？不见合欢花，空倚相思树。总是别时情，那待

合欢
风吹绒花，心生欢喜

合欢　木本植物　① 花枝　② 果实　③ 种子　④ 合欢皮（药材）

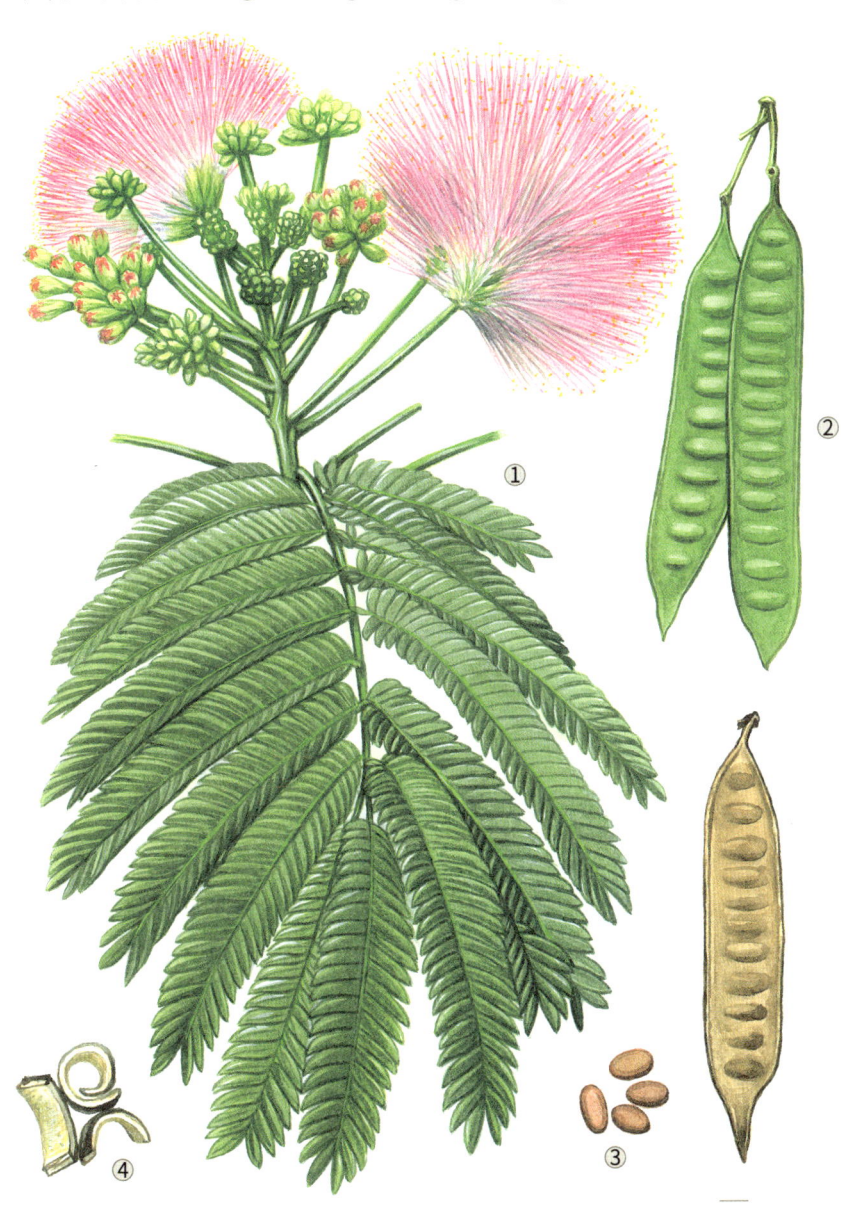

121

分明语。判得最长宵，数尽厌厌雨。"

上学时，孩子常常将学校里凋落的合欢花捡拾起来，夹在书中，不时拿出来把玩，其香味清雅，触之茸茸，哪怕色失尽黄，也不舍丢弃。此外，合欢的木材质优，耐久性好，多用于制作家具。嫩叶可食，老叶还可以用来洗衣服。

至于合欢叶片的"朝开暮合"现象，在植物界并不少见。尽管植物不能像动物那样自由移动，但在空间里也可以发生位置和方向的变动，这被称作植物运动。

植物运动分为两类，即向性运动和感性运动，感性运动又包括感夜运动、感震运动等，而合欢叶片"朝开暮合"就是典型的感夜运动。感夜运动指由于夜晚到来，光照和温度发生改变引起的植物运动，这是一种植物的昼夜节律性运动，能帮助植物更好地适应昼夜变化的环境，常见于一些豆科植物，如合欢、大豆、花生等，以及酢浆草等其他科植物。

合欢的感夜运动很明显，白天叶片舒展，晚上小叶对合，叶柄下垂，次日白天再次张开，就像人类白天活动，夜晚睡觉一般。如果仔细观察合欢的叶子，就会发现无论是小叶片还是叶柄，在基部均略有膨大，通过改变这些膨大结构两侧细胞的膨压，合欢就可以控制叶片的运动，这就类似口中含了一口气，当左腮帮鼓起来时，嘴就会歪向右侧，而当右腮帮鼓起来时，嘴巴就会歪

向左侧,如此实现运动。

合欢树,树如其名,寄托了人们心中太多美好期许,李渔在《闲情偶寄》一书中说:"植之闺房者,合欢之花宜置合欢之地……人既为之增愉,树亦因而加茂,所谓人地相宜者也。"他说将合欢花放在闺房中,才不虚负此花,说到底又何尝不是怕虚负,借合欢花而产生的殷切盼望呢?

明星 植物档案

纲目科属

双子叶植物纲 蔷薇目
豆科 合欢属

合欢
Albizia julibrissin

基本特征

落叶乔木，高可达 16 米，树冠开展。二回羽状复叶，总叶柄近基部及最顶一对羽片着生处各有 1 枚腺体；羽片 4~12 对，栽培的有时达 20 对；小叶 10~30 对，线形至长圆形，长 6~12 毫米，宽 1~4 毫米，向上偏斜。

头状花序于枝顶排成圆锥花序，花冠长 8 毫米，花丝长 2.5 厘米。

荚果带状，长 9~15 厘米，宽 1.5~2.5 厘米。

分布地

产自我国东北至华南及西南部各省区。

合欢
风吹绒花，心生欢喜

植物知多少

植物也会运动？

植物运动分为两类，即向性运动和感性运动。

向性运动：植物对外界环境中的单方向刺激而引起的定向生长运动，主要是不均匀生长引起的。根据刺激的种类，可以将向性运动相应地分为向光性、向重力性、向水性等。生活中，我们注意到一些植物会向着光源一方弯曲生长，就是典型的向光性运动。比如向日葵。

感性运动：没有一定方向的外界刺激引起的运动，包括感震运动、感夜运动等。由于机械刺激而引起的植物运动称为感震运动，比如，当含羞草受到刺激时，叶片会迅速合拢下垂。

合欢 生长日历

	1月	2月	3月	4月	5月	6月	7月	8月	9月	10月	11月	12月
栽种			●						●			
开花						●						
结果								●				

125

〔宋〕马远·月下把杯图（局部）

石楠

洁白花团,『臭』味刺鼻

乳燕飞　南宋·汪莘

策杖南山去。到南溪、谁家宅院,欺人先渡。羽扇徐麾僮仆退,翠柳白沙西路。帝赐我、阆风玄圃。一片飞来红叶阔,细看来、上有双鸾句。应念我,尘中住。

眼前儿女闲相语。怪人间、禁烟时节,安排尊俎。为道从来寒食好,且莫思量今古。共绿水、春风鸥鹭。望我壶天天未晚,记碧桃、花发闲庭户。归到也,对花舞。

翻开历史的长卷，石楠树以其独特的姿态赢得了文人墨客的青睐。唐代王建喜其枝叶，诗云"留得行人忘却归，雨中须是石楠枝"；北宋宋庠爱其色，诗云"碧姿先雨润，红意后霜繁"；宋末金初王予可惜其花，诗云"清磬一声猿鸟寂，石楠花落满经台"。当然也有人由一片石楠叶，生发出许多思虑。如，唐代司空图由石楠树生出许多乡愁，只叹："客处偷闲未是闲，石楠虽好懒频攀。如何风叶西归路，吹断寒云见故山。"再如南宋汪莘由一棵石楠树生发出一番感悟：

石楠树上红叶飞落，飘落到宴席之上。"我"饮宴归来，带着微醺的醉意久久伫立在盛开的碧桃花下。绚烂的桃花撩拨着"我"的心弦。于是"我"即兴赋词，只为记录下这美好时光：

"我"挂着拐杖信步向南山而去。来到南溪边，只见一座宅院映入眼帘，似乎已有人捷足先登。于是"我"轻轻地摇着羽扇，屏退随从，独自漫步在杨柳依依的白沙西路上。眼前的景色让"我"不禁疑心这是不是上天恩赐的仙境。忽然，一片红叶飘然而至。细细一看，却发现那红叶竟有双鸾共舞的诗句，好似在提醒"我"，"我"仍身处尘世间。

也是这时，"我"恍然想起家中儿女闲话家常的情景。原本"我"还奇怪人们为何会在禁烟的寒食时节里坚持准备丰盛宴席。不过此时却多了一层别样的感悟：寒食节从来都是美好时光，何必执着于追忆古今，不如珍惜眼前，珍惜那悠悠绿水，和煦春

石楠

洁白花团，"臭"味刺鼻

风，以及高飞的鸥鹭。

抬头看，天色未晚，突然想起自家庭院中的碧桃花此时正开得烂漫，心中顿生欢喜，忙赶回家。庭院里，花儿随风摇曳，而"我"随着花儿轻盈起舞。

这首词的前半阕主要记事，为我们描绘了一幅春日游山的画面。而下半阕亦真亦假，亦虚亦实，写尽作者由此次游山经历生发出来的感悟：眼下便是好时光，与其执着于过往，不如珍惜眼前。

再看这首词的前序，才恍然发现词人的这一番感悟竟是发于"石楠红叶飘下樽俎间"，实在让人不禁感叹词人汪莘之妙！正是这样一个妙人却是宋代隐居黄山的一介布衣。汪莘生于1155年，字叔耕，号柳塘，徽州休宁（今属安徽省黄山市休宁县）人。晚年时，他在柳溪筑室，自号方壶居士。汪莘的一生致力于研究《周易》，与理学大家朱熹来往甚密，也无怪能写出这样一首颇有哲理的词作。

这首词中勾起词人一应思绪的石楠，也称凿木、扇骨木、千年红、山官木等，为蔷薇科石楠属植物，是常绿的灌木或小乔木，高4~6米；叶片革质，长椭圆形，长9~22厘米，边缘有疏生具腺细锯齿，叶柄长2~4厘米；复伞房花序顶生，花密生，直径6~8毫米，花瓣为白色；果实为直径5~6毫米的红色圆球形。石楠在我国多地有野生分布，常生长在海拔1000~2500米的杂木林中。

在《本草纲目》中，石楠被写作"石南"，书中解释是因

宋词 寻芳记

① 花枝
② 果枝
③ 花
④ 枝芽
⑤ 果实
⑥ 种子

石楠　木本植物

石楠

洁白花团,"臭"味刺鼻

为该树"生于石间向阳之处",故而得名。最终从"石南"演变为"石楠",大概是为了凸显其树木的本质,抑或是因其枝叶类似楠木。

人们很早就发现了石楠是十分优良的绿化树种,常将野生石楠移至庭院之中栽培,因而早在唐宋时期就有不少关于石楠的诗句,尽管那时候人们经常把石楠和楠树混淆,但从文字间不难看出对石楠的喜爱,例如"本自清江石上生,移栽此处称闲情""石楠红叶透帘春,忆得妆成下锦茵"等。

石楠还被称作端正树,宋朝传奇《杨太真外传》中写道:"上发马嵬,行至扶风道。道旁有花,寺畔见石楠树团圆,爱玩之,因呼为端正树,盖有所思也。"这说的是安史之乱时期的故事,当时潼关失守,叛军兵临长安,唐明皇仓皇出逃,行至马嵬坡时,被迫赐死了自己最宠爱的杨贵妃,后继续西行到扶风。唐明皇见到寺庙旁的石楠树郁郁葱葱,睹物思人,便用昔日杨贵妃梳洗的地方——端正楼为树赐名,来表达自己的思念之情。由此,石楠得名端正树,也被赋予了相思之意。《红楼梦》第七十七回中,贾宝玉为证明草木和人之间的联系,提到的"端正楼之相思树",也正是指石楠。热门电视剧《琅琊榜》中主角林殊的父亲——林燮早年行走江湖时就化名为梅石楠。当时林燮看见院中长着石楠树,便指着树名当了自己的名字,后来受其恩惠的静妃在宅前也种植了一棵石楠,悉心照料,以寄恩情。

石楠

石楠具有很多绿化树种的优良品质，它枝繁叶茂，终年常绿，枝条能自然发展成圆形树冠，树形十分优美；春季幼叶鲜红，夏季密生白色花朵，秋后鲜红果实缀满枝头。它的适应性强，易养护、耐修剪，还可以吸附周围环境里的灰尘及有害气体。因此，石楠在我国的园林绿化中普遍应用，常根据布局需要以乔木树形在园林中孤植，做行道树，或修剪成矮球形做绿篱。

石楠的果实个头很小，直径 5~6 毫米，仅比绿豆略大，样子有点像缩小版的苹果，顶端呈五角星形状，到了深秋季节，原来一个个绿色的"小家伙"变得鲜红可人，成团成团地挂在枝头。尽管石楠的单个果实很小，但它们熙熙攘攘地在一起生长，簇拥

石楠
洁白花团,"臭"味刺鼻

成团,就如同一朵朵巨大的红花开满枝头,在萧瑟的深秋里格外美丽,而且果实和花不同,可以挂在枝头经久不掉,石楠也因此成为十分优秀的观果植物。我曾在大巴山地区见过野生的石楠,其绿叶油亮,果实红艳,若繁花满树,美艳绝伦,但城中所植石楠,常常是果实稀疏,颜色暗淡,一副有气无力的样子,也不知道是何缘由。

在石楠这些优良品质中,最特别的就是其幼叶鲜红,如同红花一般,原生地就将石楠形象地称作"女儿红"。石楠的幼叶呈红色,主要是因为叶片中的叶绿素含量较低,花青素含量较高,随着幼叶的生长,叶绿素含量逐渐增多,叶片也就慢慢地绿起来,所以这些鲜红的幼叶等长老了就会变成绿色。二十世纪末,我国引入国外培育的红叶石楠,这种石楠嫩叶红得更鲜艳、更持久,有"红叶之王"的美誉,受到普遍欢迎,也让石楠这个树种的栽培应用更为广泛。

石楠一直以来默默无闻,但近年来却突然成为众人关注的热门植物,主要是因为它开花时浓浓的腥臭味。随着越来越广泛地栽植,石楠开花时的味道逐渐被人们熟知,许多人闻之感觉臭、腥,少数人甚至会出现头晕、恶心等不适症状,甚至有人提议要砍了它。

其实,植物开花,通过散发气味吸引昆虫前来传粉,这是植物的本性,植物考虑的是昆虫是否喜欢这些气味,以便传粉,人类的感受并不在它们的考虑范围内。石楠的"花香"，昆虫是喜欢了，而人类则有些难过，幸好，石楠开花时间很短，只有二十天左右，目前也没有发现花的气味对人体有太显著的危害。

不过今人觉得石楠花气味不洁，古人却似乎不以为意，反而认为是一种香味，如南宋张镃有诗《园中口占·其一》："石楠花似碎琼花，只就香中便点茶。"明代王恭在《龙氅龙集》诗中云："望海亭中载酒来，石楠花气拂金杯。"元末明初的唐肃在《秋江曲》中写道："妾家住银塘，石楠秋叶香。"

但不管如何，常言道，"人无完人，金无足赤"，绿化树种也一样，并不是完全符合人类要求，总有一些令人头疼的"小问题"。例如，被誉为"行道树之王"的悬铃木，树形高大，枝叶繁茂，是优秀的行道树种，但其果实成熟时，大面积飘落"毛刺"，这些"毛刺"经常掉入人的毛孔、鼻腔、眼睛，引起刺痛、瘙痒、咳嗽等过敏症状，甚至影响交通安全。还有我们熟悉的杨柳树，其树形优美、生长迅速，但春末飘出雪花一般的杨柳絮，引起人类呼吸道过敏，机器堵塞，还可能引发火灾。再如，四季常绿、花色多样的夹竹桃全身有毒，女贞果实大量掉落污染地面或车辆，如此种种，不胜枚举。

无论绿化树种的特性是什么样子，都是自然进化的结果，是植物探索出适应环境、生存繁衍的最佳方式，而不是为了满足人类需求。人类所能做的，首先是根据植物特性合理地利用这些

石楠

洁白花团，"臭"味刺鼻

树种，再好的树种，用错了地方也是不行的。鉴于许多人表示对石楠的味道难以接受，因此在园林绿化中避免在住宅楼周边栽植过多的开花石楠，减少人们的不适。其次，还可以通过合理的方式改造绿化树种，例如石楠球或绿篱因为经常修剪就很少开花，所以对开花石楠管理时根据需求加强修剪，减少开花量。对石楠树应该本着"瑕不掩瑜"的认识，多一份理解，多一份包容，采取绕行、减少出行、做好防护等措施，度过这短暂的不适，换来的是长久的绿色。

再说，石楠也还有几分浪漫在身上。在唐代笔记小说《云溪友议》中记录了一个关于"红叶题诗"的故事。唐朝时，卢渥舍人应举当年偶然在御沟旁捡到一片红叶，上面题有一位宫女所作的诗："水流何太急，深宫尽日闲。殷勤谢红叶，好去到人间。"卢渥有感于诗中哀情，便将那片红叶好生收藏起来。后来唐宣宗下诏遣散部分宫女，当初在红叶上题诗的宫女也在其中。而与此同时卢渥迁至范阳任职。二人竟意外相遇，从此结下了一段良缘。

古往今来许多人都默认"红叶题诗"所用的红叶是红枫叶。但从本篇所选的《乳燕飞》词中的那句"细看来、上有双鸾句"来看，或许"红叶题诗"所用的叶子是鲜红的石楠叶也未可知？

明星 植物档案

石楠
Photinia serrulata

纲目科属

双子叶植物纲 蔷薇目
蔷薇科 石楠属

基本特征

常绿灌木或小乔木，高4~6米，有时可达12米。叶片革质，长椭圆形、长倒卵形或倒卵状椭圆形，长9~22厘米，宽3~6.5厘米，边缘有疏生具腺细锯齿，中脉显著，侧脉25~30对；叶柄粗壮，长2~4厘米。

复伞房花序顶生，直径10~16厘米。

花密生，直径6~8毫米，花瓣白色，近圆形，直径3~4毫米；雄蕊20枚，花柱2枚，有时为3枚。

果实球形，直径5~6毫米，红色，有1粒种子。

分布地

陕西、甘肃、河南、江苏、安徽、浙江、江西、湖南、湖北、福建、台湾、广东、广西、四川、云南和贵州等地。

石楠

洁白花团,"臭"味刺鼻

宋词里的"秘密"

为什么词有长有短?

在宋代,词只分为两类:慢词与令词。从宋人编的各种词集中,可以看出,把篇幅长、字数多的词编为一类,题为"慢";把篇幅短、字数少的词编为一类,题为"令"。

到了明代,一个叫顾从敬的文人,重刊署名为武陵逸史的南宋人所编选的词集《草堂诗余》时,把词分为小令、中调和长调,各自成卷。自此以后,词学家就把短小的词称作小令(58字以内),比如《如梦令·昨夜雨疏风骤》;字数适中的称作中调(58~90字),比如《渔家傲·塞下秋来风景异》,较长的则称作长调(91字以上,最长的达240字),比如本篇所选《乳燕飞·有石楠红叶》。

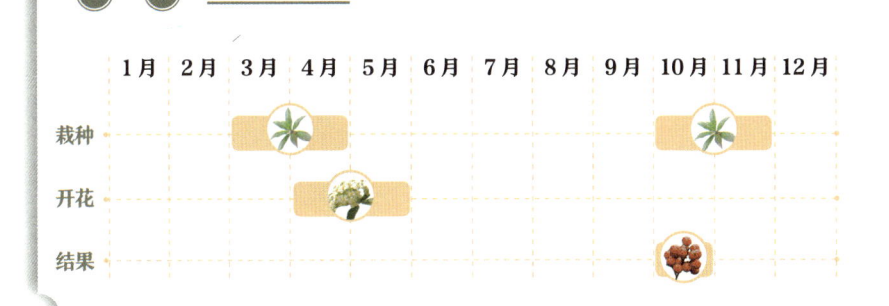

石楠生长日历

	1月	2月	3月	4月	5月	6月	7月	8月	9月	10月	11月	12月
栽种			●	●						●	●	
开花				●	●							
结果									●			

[宋]李龙眠·仕女图（局部）

海棠

春雨里的「绿肥红瘦」

如梦令　南宋·李清照

昨夜雨疏风骤,浓睡不消残酒,
试问卷帘人,却道海棠依旧。
知否知否,应是绿肥红瘦。

"凌晨四点,海棠花未眠",日本作家川端康成只用一句话便将孤独的感觉写进了读者心中。而在中国,海棠花同样承载着文人墨客无尽的思绪与情感。不过不同于川端康成那样直接地描绘,中国的文人更擅长将海棠花的形象融入诗意,使之绽放于笔尖。

在他们笔下,海棠既有含苞待放之俏,如"枝间新绿一重重,小蕾深藏数点红";又有盛放之美,如"一从梅粉褪残妆,涂抹新红上海棠"。只是彩云易散,花易谢。海棠花开时越艳丽,便越叫人忧心。就如李清照见一场雨至,便忧心海棠芳菲剩残红:

昨夜细雨稀疏,而风却刮得又急又猛。虽然经过一夜沉沉的酣睡,却并未能驱散"我"身上残存的酒力。于是我抬头向那卷帘的侍女询问,如今庭院中的海棠花如何了?侍女答,海棠花依旧如昨日。闻听此言,"我"心中满是疑惑:你知道吗?你知道吗?如今应当是绿叶繁茂,红花凋零的时节。

这首词不过短短三十六个字,却通过问答的形式,将词人一片惜花之情写得委婉曲折。尤其末尾那句"绿肥红瘦",以"绿"代"叶",以"红"代"花",红绿交辉,肥瘦相衬,何其精妙!

李清照能如此体察入微地关心花事,并将惜花情写得细腻动人,自然不是简单人物。她号易安居士,齐州章丘(今属山东济南)人士,出生于1084年,家中为书香门第,自幼深受家学熏陶,诗词俱佳。她早在年少时便已得才名,后来更被誉为"千古第一才女"。李清照在青年以前的生活优渥,夫妻之间琴瑟和

海棠
春雨里的"绿肥红瘦"

鸣,因此其早期作品多写悠闲生活。到了后来,随着家国动荡,李清照的日子过得颠沛流离,因此后期作品也多为抒发身世之感,情调感伤。

显然,本篇中所选词作是李清照早期的作品。她笔下所写的海棠是我国的传统观赏树木,开花时繁花满树,颜色娇艳,十分美丽。古人将海棠与牡丹、梅花、兰花并称为"春花四绝",分别誉为国艳、国花、国魂和国香,足以见人们对海棠的喜爱。

据史料记载,有一次唐明皇召见杨贵妃,杨贵妃酒醉未醒,被人搀扶而来,唐明皇见其醉颜残妆,鬓乱钗横,反觉得更美了,便说道:这哪里是妃子醉了,分明是海棠花未睡醒啊!美人若花,花若美人,这就是"海棠春睡"的故事。后来,北宋苏轼写了一首《海棠》诗:"东风袅袅泛崇光,香雾空濛月转廊。只恐夜深花睡去,更烧高烛照红妆。"说的正是这一美景。

人人都道海棠花开艳丽,却不知,海棠花落更是一番壮丽场景。曾见一条小道,两边种满海棠,春日时,满树繁花,朵朵香花压弯了枝条,两侧枝梢几欲相接成盖。待花已过盛时,微风吹来,粉红花瓣片片飘下,如飞扬之大雪,若凋零之繁星,不久便好似在地上铺了一层锦缎。一女子安静地站于树下,头微微抬起,眼神中有几分忧伤,又有几分倔强,海棠花瓣纷纷扬扬,落于发间,落于肩头。如此美景,让人不禁感慨:人间自是春难留,佳境怎堪回首?何年无春风,何处无海棠,但少佳人如此耳!

我国是海棠资源分布的中心，海棠资源十分丰富，栽培历史悠久。传统的海棠品种，据《群芳谱》记载，共有四种，都是木本植物，分别是贴梗海棠、木瓜海棠、垂丝海棠、西府海棠，称作"海棠四品"。

贴梗海棠和木瓜海棠，尽管两种植物均叫海棠，但是从植物分类学上看，它们属于蔷薇科木瓜属，和狭义的海棠有所区别。

贴梗海棠，也叫皱皮木瓜、贴梗木瓜，是落叶灌木，有枝刺，花多猩红色，果实较小，之所以叫"贴梗"，是因为它的花梗、果梗很短，花和果都是贴着枝条生长，故而得名。贴梗海棠是四种海棠里开花最早的种类，颜色最为深红，先花后叶，加之枝条遒劲曲折，甚为美丽。

贴梗海棠　　　　　　　　木瓜海棠

海棠

春雨里的"绿肥红瘦"

木瓜海棠,也叫光皮木瓜、木瓜、木李等,为落叶小乔木,花开淡粉红色,果实个头大,成熟时为黄色,有浓郁而特别的香味。尽管木瓜海棠的果实颜色漂亮,香味十足,但是果肉坚硬如木,不能直接食用,故而取名木瓜。不过通过水煮、糖渍等方式加工后还是可以食用的,也可以酿酒、酿醋,还有人直接将其放在室内、车内,香味浓郁,令人愉悦。

贴梗海棠和木瓜海棠均可以入药,木瓜海棠果皮干燥后仍光滑,不皱缩,所以称光皮木瓜,而贴梗海棠称皱皮木瓜。

垂丝海棠和西府海棠都属于蔷薇科苹果属,和我们日常吃的苹果属于同一个属,是正儿八经的"亲兄弟",所以苹果花和海棠花十分相似,而海棠果则完全就是小一点的苹果。为了区分,人们常用果实大小进行分类,例如将果实较大,直径超过5厘米的苹果属植物称为苹果,苹果类主要是采摘果实供食用;而把果实小一点,直径不足5厘米的苹果属植物称作海棠,海棠类主要用于开花观赏,有时也作为砧木。

垂丝海棠和西府海棠主要是作为观赏海棠。垂丝海棠是落叶小乔木,树姿分散,嫩枝、嫩叶均带紫红色,花开粉红色,花梗细弱,花下垂,果实略带紫色。西府海棠也是落叶小乔木,树姿聚拢直立,花也开粉红色,花梗粗短,果实红色。从果实大小看,西府海棠果比垂丝海棠果大一些。两种海棠,都是早春开花,花朵密集,颜色娇美,自古就是园林庭院美化的优良树种,在全

西府海棠

国各地广泛栽培供观赏用。

  除了以上的传统海棠品种外,目前我国还从国外新引进了许多观赏海棠品种。自十八世纪以来,欧美国家从我国引种了山荆子、三叶海棠、楸子、新疆野苹果等大量苹果属植物资源,并和当地的原生海棠资源进行杂交选育,他们通过大量的杂交试验,培育出了多个价值极高的海棠品种。特别是北美地区,气候适合海棠生长,育出的海棠品种最多,我国在二十世纪八九十年代开始引进海棠新品种,其中大部分都来自北美地区,所以习惯称之

海棠
春雨里的"绿肥红瘦"

北美海棠

为"北美海棠"。

近年来,我国学者也培育出不少海棠品种。为了和中国传统海棠区分,常将新培育的海棠品种统称为现代观赏海棠,比北美海棠的习称更科学严谨。现代观赏海棠品种繁多,亲缘复杂,花色有玫红色、白色、粉色、红色等不同色系,瓣型有单瓣、半重瓣、重瓣,在我国种植数量不断增多。

当然,海棠可不是只用来观赏,还有很多海棠品种的果实是可以鲜食或者加工用的,这类海棠种类也很多,关系也很复杂,为了防止混乱，在植物分类上便用西府海棠这一个名称进行了概括。

西府海棠不同种类从果实形状、大小、颜色和成熟期等方面均有差别，所以有热花红、冷花红、铁花红、紫海棠、红海棠、老海红、八楞海棠等多个名称。陕西省府谷县特产一种水果——海红果，正是西府海棠的果实，其在府谷县已有1000多年的栽培历史，府谷县也被誉为"中国海红果之乡"。海红果形态类似小苹果，直径二三厘米，红色，入口爽脆，无论是香味还是酸甜味，都要比苹果更浓郁一点，特别是个头较小，可以一口一个地吃，不似如今的苹果，个头过大，多数人难以一次吃完一个。除了鲜食，海红果还被加工成果脯、果汁、果干等，也颇受消费者喜欢。

海棠果实

海棠
春雨里的"绿肥红瘦"

我们还经常听到一类植物,叫作秋海棠,尽管名字相似,但两者没有亲缘关系。秋海棠是秋海棠科植物的统称,为多年生肉质草本,也是十分重要的观赏植物,叶形叶色多样,花朵鲜艳美丽,花期较长又易于栽培,长期以来作为园艺和美化庭院的观赏植物被广泛使用。

在中华文化中,海棠花又名"解语花"。其中典故说起来有些曲折。最初,因前文所说"海棠春睡"之故,海棠花也有暗指杨贵妃之意。后据五代王仁裕撰《开元天宝遗事》所载,唐玄宗曾与杨贵妃共赏太液池千叶莲。他当着左右侍从的面,夸赞杨贵妃与雪白的千叶莲相比更胜一筹,曰:"何如此解语花也。"如此一来,海棠花便也沾了杨贵妃的光,占了个"解语花"的名头。

"绿肥红瘦"虽令人惋惜,却也无须因海棠凋落过于感伤。正如龚自珍所言"落红不是无情物,化作春泥更护花",海棠花落从不是终结,或许在下一个轮回中自会再见。

宋词 寻芳记

明星 植物档案

西府海棠
Malus micromalus

纲目科属

双子叶植物纲

蔷薇目 蔷薇科 苹果属

基本特征

落叶小乔木,高达2.5~5米,树枝直立性强。叶片长椭圆形或椭圆形,长5~10厘米,宽2.5~5厘米,叶柄长2~3.5厘米。伞形总状花序,有花4~7朵,集生于小枝顶端,花梗长2~3厘米,嫩时被长柔毛,逐渐脱落。

花直径约4厘米,花瓣近圆形或长椭圆形,长约1.5厘米,基部有短爪,粉红色;雄蕊约20枚,花柱5枚。

果实近球形,直径1~1.5厘米,红色,萼洼梗洼均下陷。

分布地

产自辽宁、河北、山西、山东、陕西、甘肃、云南等地,为常见栽培的果树及观赏树。

宋词 里的"秘密"

怎么用一个词牌写一首词?

词牌,就是词的格式。不同的词牌对应不同词的格式。以本篇所选词牌《如梦令》为例:

婉约派代表词人李清照写过一首《如梦令》:

常记溪亭日暮,沉醉不知归路。兴尽晚回舟,误入藕花深处。争渡,争渡,惊起一滩鸥鹭。

豪放派代表词人苏轼也写过一首《如梦令》:

手种堂前桃李,无限绿荫青子。帘外百舌儿,惊起五更春睡。居士,居士。莫忘小桥流水。

从这两位风格不同的词人,创作的同一词牌的不同词作,可以看到《如梦令》这个词牌下有固定的格式:单调,三十三字,七句,五仄韵,一叠韵。

现在,如果你想要创作一首《如梦令》,只需要尝试套用这个固定格式就可以了。

西府海棠 生长日历

	1月	2月	3月	4月	5月	6月	7月	8月	9月	10月	11月	12月
栽种			●						●			
开花				●								
结果								●				

149

［宋］李迪·红白芙蓉图（局部）

蔷薇

『荆棘』丛中娇佳人

朝中措　　南宋·赵师侠

开随律琯度芳辰。鲜艳见天真。
不比浮花浪蕊，天教月月常新。
蔷薇颜色，玫瑰态度，宝相精神。
休数岁时月季，仙家栏槛长春。

中国人自古便是浪漫的，许多词句经由中国人之口便多了许多书香气息。如余光中的那句"心有猛虎，细嗅蔷薇"曾风靡一时。不过鲜有人知的是，这句话源自英国诗人西格里夫·萨松的代表作《于我，过去，现在以及未来》。再将原文"In me the tiger sniffs the rose"翻译出来，人们大抵就开始迷糊了。余老竟将"rose"翻译成蔷薇，那么我们日常所说的玫瑰又是何物？如若再加上月季，那么人们便愈发晕头转向了。原因无他，实在是这三者太过相似。

其实关于蔷薇、玫瑰与月季之间的相似早在古时就已有人发现。宋时，赵师侠便曾在《朝中措·月季》一词中将这三者放在一起，取其不同，稍稍作了一番比较，好让人知道蔷薇、月季与玫瑰果然不是同一种：

斗转星移，四季更迭，月季花总是跟随着时节绽放。它娇艳的颜色彰显着它的至纯至真。不同于那些浮华、短暂的花儿，月季的美是上天的恩赐，使之月月都能绽放新颜。

月季拥有蔷薇花般艳丽的色泽，玫瑰花般浪漫的氛围，以及宝相花般高贵的精神气质。不必计较月季的年岁，因为它就如仙家的栏槛，永远青春，永远靓丽。

这首《朝中措·月季》中重笔写月季，但对于玫瑰、蔷薇、宝相诸花的特点皆能简单概括，足见词人赵师侠很擅长花草之

蔷薇
"荆棘"丛中娇佳人

事。可惜历史上关于他的记载并不多,连其生卒年亦不可追。只知道,他字介之,号坦庵,是宋太祖儿子燕王赵德昭的七世孙。在《全宋词》中,赵师侠共有154首存词被收录其中。且明代陈耀文的《花草粹编》又选录了他的17首写花草的作品,由此可推测他对花草的喜爱。

再说回词中所述"月季",它和"蔷薇颜色,玫瑰态度"所提的蔷薇、玫瑰均属于蔷薇科蔷薇属植物。该属全世界约有200种,广泛分布于寒温带至亚热带地区,是世界著名的观赏植物,其中我国有蔷薇属植物约80种,约占全世界蔷薇属植物的三分之一。欧洲蔷薇属植物在18世纪以前只有法国蔷薇、百叶蔷薇和突厥蔷薇等少数种类,缺少四季开花的品种,也没有开黄花的品种。中国蔷薇属植物在18—19世纪引入英法后,大受西方人士重视,他们用中国蔷薇属植物和原有的品种进行杂交和反复回交,培育出许多优美新品种,在这一点上,我国原产蔷薇属植物对全世界贡献巨大。

我国栽培蔷薇属植物的历史十分悠久,早在汉代,人们就在皇家园林中栽植蔷薇属植物。据元代人写的《贾氏说林》记载,汉武帝与宫女丽娟在花园中赏花,当时蔷薇初开,态若含笑。汉武帝赞叹道:"这花比美人笑起来还美啊!"丽娟听后开玩笑地说:"笑能买吗?"汉武帝说可以,于是丽娟取来黄金百斤,作为买笑的钱,让汉武帝高兴一整天。正因为这个故事,蔷薇才有了"买笑花"的别称。《西京杂记》亦记载,"(汉武帝)乐游苑中有自生玫瑰树",这也是关于玫瑰这种植物的最早记录。

玫瑰原本并非植物名称,根据《说文》记载:"玫,石之美者;瑰,珠圆好者。"大概是因为该植物开花艳丽若珍宝,故以玫瑰为名。到南北朝时期,蔷薇种植更加广泛,品种逐渐增多。

到了唐代,蔷薇、玫瑰不再是皇家专属,它们进入寻常百姓家被广泛栽培,相关诗词记载也多了起来。例如"蔷薇缘东窗,女萝绕北壁""不用镜前空有泪,蔷薇花谢即归来""水晶帘动微风起,满架蔷薇一院香"等诗句都写到了蔷薇,而"杨柳萦桥绿,玫瑰拂地红""折得玫瑰花一朵,凭君簪向凤凰钗"等都提到了玫瑰。

此时,人们开始注意到蔷薇、玫瑰的不同之处。例如,唐末徐寅的《司直巡官无诸移到玫瑰花》诗句:"芳菲移自越王台,最似蔷薇好并栽。秾艳尽怜胜彩绘,佳名谁赠作玫瑰。"以及唐末齐己的《蔷薇》诗句:"根本似玫瑰,繁英刺外开。香高丛有架,红落地多苔。"同一首诗中将蔷薇和玫瑰并列,足见当时人们已对这两种植物有了区分。

到了宋朝,蔷薇、玫瑰的栽植更加广泛,月季此时也开始出现。在宋祁的《益部方物略记》中,最早记载了月季:"花

蔷薇
"荆棘"丛中娇佳人

亘四时，月一披秀，寒暑不改，似固常守。右月季花，此花即东方所谓四季花者，翠蔓红花，蜀少霜雪，此花得终岁，十二月辄一开。"此时人们已经关注到月季四季开花的典型特征。杨万里的《红玫瑰》诗中写道："非关月季姓名同，不与蔷薇谱牒通。接叶连枝千万绿，一花两色浅深红。"诗人已知道玫瑰和月季、蔷薇是不一样的。而在赵师侠的这首《朝中措·月季》词中，月季具有"月月常新"的显著特征，而且有"蔷薇的颜色，玫瑰的态度"，也就是说人们从这时候开始有了月季、蔷薇和玫瑰之间区别的感性认识。

到了明清时期，蔷薇、玫瑰、月季等蔷薇属植物栽培迅速发展，《本草纲目》《群芳谱》《花镜》等一系列专著对其基本性状、栽培技术、应用价值等进行了详细描述，特别是月季的栽培空前繁盛，仅清代《月季花谱》就记载了131个品种，在此不再赘述。

目前，蔷薇属植物经过长期栽培，蔷薇、玫瑰和月季这三大类群都包含着众多品种，在世界园林中有着举足轻重的地位，被并称为"蔷薇三杰"。

月季，也叫月月红、月月花、四季花、长春花等。常为灌木，茎上常有大而弯的稀疏刺；复叶常由3~5枚小叶组成，叶面光滑；花朵常单生，较大，颜色丰富，常见的有红、黄、紫、粉、白和

月季

绿等色；常一年多次开花，香味淡或无。现代月季主要包括杂交香水月季、丰花月季、壮花月季、藤本月季、微型月季等类群，具有花期长、花色艳、品种多、耐修剪等多种优良品质，常用作绿化美化，也可以做鲜切花。月季最重要的性状就是连续多次开花，尽管世界上月季种类不可胜数，但这一性状均来源于中国传统月季品种。

玫瑰，常为灌木，茎上常有细而直的密集刺；复叶常由 7~9

蔷薇
"荆棘"丛中娇佳人

枚小叶组成，叶面褶皱；花朵单生，较月季小，颜色略少，常见的有红色、白色等；常初夏开一次花，花香味比月季浓郁得多。玫瑰最重要的特征是香味浓郁，因此除了观赏，它还具有非常重要的药用价值和食用价值，可以提炼玫瑰精油，加工成玫瑰酒、玫瑰鲜花饼、玫瑰鲜花酱、玫瑰花茶等食品。在我国广泛种植的有山东的平阴玫瑰、甘肃的苦水玫瑰等品种。

蔷薇，常指除了月季、玫瑰外的蔷薇属植物（蔷薇也常作

粉团蔷薇

为蔷薇属植物的统称），多为攀援灌木，花小，且密集丛生，常初夏开一次花。蔷薇枝繁叶茂，开花花量较大，常被用于绿篱、花墙及道路绿化美化。

当然，蔷薇、玫瑰、月季只是我国传统习惯上的分类，算不上植物的科学分类，加之现今各个种类相互杂交，品种繁杂，性状交错，常常并没有显著的区分。在英语里，就没有这样的分法，常用rose一词指代蔷薇属所有植物，将三类植物进行了统揽。所以，当情侣之间互赠rose的习俗传入我国时，尽管所送花朵从传统习惯分类上归为月季类，但是人们却将其称作玫瑰。这大概有两方面的原因，一方面玫瑰本来就有表达爱意的寓意，如"折得玫瑰花一朵，凭君簪向凤凰钗"；另一方面，对比一年开一次花的玫瑰，月季每个月都开花，实在是太常见、太普通了，似乎不足以用来代表爱情的珍贵。

不过说到赠花，便不得不叫人想起英国的一句谚语："赠人玫瑰，手有余香。"这似乎与人们的寻常认知——花香不艳，花艳不香相悖。事实上，在欧阳修编的《新五代史》中便记载来自西域的蔷薇水（亦可能是玫瑰水），云"以洒衣，虽敝而香不灭"；而明代的《长物志》也提到"玫瑰一名'徘徊花'，以结为香囊、芬氲不绝"，说明蔷薇、玫瑰都有持久的留香性。至于月季香，现代作家周瘦娟在作品《咖啡琐话》中写道"明窗静看丛蕉绿,月季花开香满衣"。可见,蔷薇、玫瑰和月季三者都有香气。

正如英国著名剧作家莎士比亚曾在《罗密欧与朱丽叶》戏剧中所写:"玫瑰,不论如何称谓,始终芳香如故。"玫瑰也好,月季也好,蔷薇也罢,它们于"荆棘"之中开出娇嫩的花,便是自然的馈赠。

宋词寻芳记

明星 植物档案

纲目科属

双子叶植物纲 蔷薇目
蔷薇科 蔷薇属

粉团蔷薇
Rosa Multiflora var. *Cathayensis*

基本特征

攀援灌木。小叶5~9片，近花序的小叶有时3片，连叶柄长5~10厘米。

花多朵，排成圆锥状花序，花梗长1.5~2.5厘米；花直径1.5~2厘米，花单瓣，粉红色；花柱结合成束，比雄蕊稍长。

果近球形，直径6~8毫米，红褐色或紫褐色，有光泽，无毛，萼片脱落。

分布地

河北、河南、山东、安徽、浙江、甘肃、陕西、江西、湖北、广东、福建等地。

蔷薇
"荆棘"丛中娇佳人

宋词里的"秘密"

词牌是怎么出现的？

词牌一般有三个来源：一是来自乐曲的名称。例如《菩萨蛮》《西江月》《风入松》《蝶恋花》等。二是摘取一首词中的几个字作为词牌。例如《忆江南》本名《望江南》，但因白居易有一首咏"江南好"的词，最后一句是"能不忆江南"，所以词牌又叫《忆江南》。三是来自词的题目。《渔歌子》咏的是打渔，《浪淘沙》咏的是大浪淘沙，《更漏子》咏的是夜。这种情况是最普遍的。

凡是词牌下面注明"本意"的，就是说，词牌同时也是词题，但是，绝大多数的词都不是用"本意"的，因此，一般是在词牌下面用较小的字注出词题。

粉团蔷薇 生长日历

	1月	2月	3月	4月	5月	6月	7月	8月	9月	10月	11月	12月
栽种			✓	✓					✓	✓		
开花				✓	✓							
结果								✓	✓			

［宋］杨柳·暮归图（局部）

柘树

树芯里竟然藏『黄金』?

望江南　　北宋·苏轼

春已老,春服几时成。
曲水浪低蕉叶稳,舞雩风软纻罗轻。
酣咏乐升平。微雨过,何处不催耕。
百舌无言桃李尽,柘枝深处鹁鸪鸣。
春色属芜菁。

一旦转入暮春时节，百花便渐渐显出了颓势，此时新枝渐旧，草色渐浓，更映得林木深深。然而夏日未至，未能赏荷，文人骚客便只能将视线投至林木深处。如宋代秦观的"芳菲歇去何须恨，夏木阴阴正可人"；再如唐代王维的"漠漠水田飞白鹭，阴阴夏木啭黄鹂"；唐代高骈的"绿树阴浓夏日长，楼台倒影入池塘"……在这片层层叠叠的绿荫中，能留下名字，不被"木""树"二字简单带过的树种不算多。柘（zhè）树也算一种。如唐代贾岛以其神写深秋日暮时的炊烟"萧条桑柘外，烟火渐相亲"；唐代王驾以其影写热闹春社"桑柘影斜春社散，家家扶得醉人归"，而苏轼的这首写于1076年的《望江南》以"柘枝"做配，谱写暮春之景：

春色已深，却不知春衣何时能成。曲水流觞，宴饮正酣，一弯曲水碧波荡漾，精巧的酒杯在水面上随波流转，镜头由远景大场面慢慢移动到近景，亭台之上，人们身穿春天轻薄的衣服欣赏春光，衣角随风摆动，眼中是明媚的春色，口中是芬芳的美酒，众人纷纷赞美"升平"景象，好不快乐。

另一处郊外，一场小雨过后，农人耕作忙。鸟儿不再啼鸣，桃花、李花都已凋谢，只是从柘树林深处传来了水鹁鸪的叫声。春天似乎将要离去，可"我"走在田间，忽然看到大片盛开的芫菁菜花。见此情景，不由心生感叹：这时的春色应当是属于芫菁的！

这首词,从宴会酣饮到郊野春耕,表现了太平盛世的春景,也表达了词人对虽已暮春,春光犹在的赞美和热爱。与他同年创作的另一首《忆江南·超然台作》格调一致,堪称"双子"。而那首词中,被众人熟悉的是那句"且将新火试新茶,诗酒趁年华"。

文学史上大名鼎鼎的苏轼不用多介绍,大家都熟悉。他生于1037年,字子瞻,号东坡居士,眉山(今属四川)人。与父亲苏洵、兄弟苏辙,并称"三苏"。他的性格乐观豁达、不屈不挠,为官期间为地方百姓做了不少好事。他在政坛反对王安石变法,也不赞成司马光尽废新法,因此仕途坎坷,屡遭贬逐,晚年还被贬儋州(今海南省儋州市),后被赦北归,病逝于常州。他在文坛开创一代豪放词风。词的意境雄浑开阔、恢宏壮丽,打破了北宋初年词为"艳"的局面,提高了词的文学地位,将词从音乐的"填词"附属变成了一种独立抒情的文学体裁。

这首《望江南·暮春》采用了一种"创意"写词的手法,他仿佛拿着一台摄像机,移步换景式地为我们展现了这样一幅暮春晚宴郊野短片。

苏轼是一个非常懂得及时行乐的文人,他的一句"诗酒趁年华"写出了多少人的愿景。而这首《望江南·暮春》中,承载苏轼郊野热爱之情的柘树是什么植物呢?

柘树,也称柘桑、灰桑、黄桑等。从别称来看,它似乎与桑树有着密切联系。古来文人也常将它与桑树并提,如"年年桑柘如云绿,翻织谁家锦地衣""桑柘成阴百草香,缫车声里午风凉"等。而事实也确实如此——柘树和桑树同为桑科植物。柘树是落叶的灌木或小乔木,高1~7米,叶子卵形或菱状卵形,偶为三裂,长5~14厘米,宽3~6厘米,叶柄长1~2厘米。折断叶柄、枝条后,它会和桑树一样流出白色的、黏糊糊的汁液。另外,由于植株上有许多尖刺,故柘树也被称作柘刺。至于该树种为何要以柘为名,说法不尽相同:有人说因柘树适应性极强,常生于山石间,便以"柘"表示石中之木;也有人说因为该树种木质坚硬如石而得名。

在陕西关中地区,大部分农村孩童都认识柘树。这源于他们的一个共同爱好——养蚕。每逢初春时节,就见孩子们小心翼翼地拿着一张小小的、附着着密密麻麻的小黑点的纸片,那些黑点即蚕卵。蚕卵经过孵化,变成一条条小蚕。问题来了,大家都知道蚕是吃桑叶的,可是此时天气乍暖还寒,桑树仍在休眠之中,尚未长出新叶,小蚕吃什么呢?这时柘树就变成了蚕的"备选菜单"。柘树和桑树同属桑科,但它比桑树发芽略早十几天,萌发出的一枚枚鲜嫩的小叶片,可以代替桑叶来喂养小蚕,帮助小蚕撑到桑树长出新叶。但如果完全用柘树叶代替桑叶来养蚕的话,蚕的长势、丝的产量和光泽度等品质均有下降。

用柘树叶喂养的蚕产的丝即柘丝,聪明的古人并不会浪费这些品质不如桑蚕丝的柘丝。根据记载,柘丝是做琴弦的好材料,

柘树

木本植物

柘树

为什么女子十三岁称"豆蔻"?

① 果枝（果实未成熟） ② 卵形叶 ③ 三裂叶
④ 果枝（果实成熟） ⑤ 果实 ⑥ 种子

《本草纲目》就写道："其叶饲蚕，取丝作琴瑟，清响胜常。"《齐民要术》中也说："柘叶饲蚕，丝好。作琴瑟等弦，清鸣响彻，胜于凡丝远矣。"河南省柘城县，从秦朝时开始置县，因当时柘树丛生，盛产柘丝，故而得名"柘县"，隋朝定名为"柘城"。直至清代，柘丝仍是柘城县的重要特产，在《柘城县志》中位列货物之首，不过后来，柘树逐步被桑树所替代，因为桑叶的叶片更大、产量更高、采摘更容易，蚕吃了桑叶后，吐出的丝质量更高。

这并不代表柘树再无用处。柘树的木质坚硬，质地细致，在日常生活中颇有实用之处，可制成各类器具。如汉代文学大家刘向在《说苑·权谋》提及柘木制器具，曰"日之役者，有执柘杵而上视者"；宋代寇宗奭（shì）所著《本草衍义》记载："柘木，里有纹，亦可旋为器。"陆游的《试茶》一诗中亦有"乳井帘泉方遍试，柘罗铜碾雅相宜"的说法……不过在这一众器具中，当属柘木弓名声最盛。古语云："弓人取干，柘为上。"汉时《风俗通》也记载："柘材为弓，弹而放快。"且在《淮南子·原道训》中有这样一则传说，直指黄帝传下来的宝弓"乌号"即柘木制成。相传，乌鸦栖息于柘树之上，准备振翅起飞的时候往往会将柘树枝条压弯。但由于柘树的枝条韧性十足，被压弯后一旦撤力便会引起快速回弹，回弹力之强几乎要将乌鸦打翻，吓得它们不敢起飞，只得站在树枝上无奈地号叫。"乌号之弓"由此得名。

柘树

树芯里竟然藏"黄金"?

剖开柘树,便会发现其树芯竟呈金黄色。古时人们可从中提取出珍贵的黄色染料,用此染料染出的布料颜色为赤黄色,称为柘黄。人们将用柘木汁液染就的黄袍称为"柘袍"。到了隋唐时期,柘黄逐渐成了帝王的专用服色,寻常百姓不得使用。如此一来,"柘木"的地位也随之水涨船高,成为炙手可热的"帝王木"。

除却颜色金黄,柘木还有另一个好处,即花纹细腻清晰。故而古今以来,都颇受人们喜爱。今人往往选择中小尺寸的柘木枝制作成手串,手串成品颜色黄亮,纹路清晰,广为流行。

柘树果实

柘树的果实也有妙用。从质地上看，它和桑葚相似，肉肉的、软软的，入口清甜。从形状上看，柘果近似球形，成熟时呈橘红色，倒和荔枝有几分相似。也正是因此，柘果也被称作山荔枝、水荔枝、野荔枝等。柘果九十月成熟，可以直接生吃，吃起来清甜可口，汁水饱满，是野外不可多得的美味。经过选育后，柘果可作为水果，进而制成果茶、果酒、饮料等。如今在浙江等地就已经建设柘果鲜果采摘基地。不仅如此，柘果也可入药，中医认为其具有清热凉血、舒筋活络之功效，主治跌打损伤。

大概因为柘树木材的用途众多，所以《齐民要术》早早就详细记载了柘树的采种育苗、木材培育等技术要点，甚至一一标明了市场价格。书中写道"欲作快弓材者，宜于山石之间北阴中种之"，由此可见当时人们对柘树的生长特性已经十分了解。此外书中还记载了制作马鞍鞍桥的原木材的培育技术，并且写得颇为细致：当柘树枝条长到三尺多长时，用绳牢牢系住，另一端用木橛子固定在地上，使枝条弯曲成鞍桥的样子。待十年后便是浑然天成的鞍桥，称作柘桥。

如今见到的柘树大多数是小树，大树和古树并不多见，加之生长速度缓慢以及"十柘九空"等原因，柘木与檀木并称"南檀北柘"，且尤其以大尺寸的柘木愈显珍贵。

许多人可能对国产动画电影《长安三万里》中的柘枝舞印象深刻。尽管有观点认为，柘枝舞中的"柘枝"是指柘树的枝叶，

但是大多数学者更加认可，柘枝舞出自西域石国，是以发源地命名的乐舞，无论"柘枝"，还是"柘支""柘折"等，都是波斯语Chaj一词的译音。在《新唐书·列传·西域下》中有记载："石，或曰柘支，曰柘析，曰赭时，汉大宛北鄙也。"所以柘枝舞和柘树并没有任何关系。

诚然，柘树不似柳树那般婀娜多姿，能凭风起舞，扬起簌簌雪白；不像凤凰木那样，能迎着盛夏骄阳开出艳丽热烈的凤凰花；也不及百丈桄榔树，能有直插云霄之势。把柘树种在一片林木之中，它只能算是无功无过、安安静静地撑起一片朴素的绿意。但那又何妨？对于农人而言，足够实用便是它最好的献礼。故而，宋朝理学家谢谔有《劝农》诗云："教子教孙须教义，栽桑栽柘胜栽花。"

明星 植物档案

柘树
Cudrania tricuspidata

纲目科属

双子叶植物纲 荨麻目 桑科 柘属

基本特征

落叶灌木或小乔木，高 1~7 米。有棘刺，刺长 5~20 毫米。

叶卵形或菱状卵形，偶为三裂，长 5~14 厘米，宽 3~6 厘米，叶柄长 1~2 厘米。

雌雄异株，雌雄花序均为球形头状花序，单生或成对腋生，具短总花梗，雄花序直径 0.5 厘米，雌花序直径 1~1.5 厘米。

聚花果近球形，直径约 2.5 厘米，肉质，成熟时橘红色。

分布地

产自华北、华东、中南、西南各省区（北达陕西、河北）。

柘树
树芯里竟然藏"黄金"？

宋词 里的"秘密"

"自由"的苏轼写"自由"的词

词最初只是用来娱乐歌唱的，题材多写男女爱情、相思别离或小窗幽会；写繁华都市、优美自然风景和民间习俗等。这也是以柳永为代表的宋代前期词的特点——"低吟浅唱"。当时的正统文人是看不上作词的，认为词不登大雅之堂。

直到一个人出现，词才脱离了勾栏瓦舍之流，走入正统文学的视野。他就是苏轼。他推动了词的发展，扩大了词的范围。他以古文的笔调来写诗，又以写诗的笔调来写词，扩大了词的题材和意境。苏轼的词什么都写：吊古伤时、悼亡送别、说理咏史、山水田园或自伤身世，一扫词为"艳词"的刻板印象，让当时的人看到，原来词这种文体也可以写出这么多的内容和情感。同时期的晁补之评价苏轼的词是："横放杰出，自是曲子中缚不住者。"意思是，他的词完全不受固有曲子词的规定约束。苏轼将他自由解放的性格，灌入词中，解放了词这种文体，提高了词的地位。

柘树 生长日历

	1月	2月	3月	4月	5月	6月	7月	8月	9月	10月	11月	12月
栽种			●	●								
开花					●	●						
结果						●	●					

［宋］马远·雪滩双鹭图（局部）

榕树

有根的地方就有家

卜算子　南宋·朱敦儒

山晓鹧鸪啼,云暗泷州路。
榕叶阴浓荔子青,百尺桄榔树。
尽日不逢人,猛地风吹雨。
惨黯蛮溪鬼峒寒,隐隐闻铜鼓。

宋词寻芳记

南国多巨木，榕树不可不提。作为一种古老的树种，榕树的历史可追溯到遥远的东汉时期。早在许慎所著的《说文解字》中便已能觅得"榕"字的踪迹。后来因它有遮天蔽日的气势，榕树开始频频出现在文人墨客的笔下，并逐渐成为一种文化载体。

尤其对粤闽人士而言，此情更甚。宋时，李纲写了一篇《榕木赋有序》道："闽广之间多榕木，其材大而无用。然枝叶扶疏，庇阴数亩，清阴人实赖之，故不得为斧斤之所剪伐，盖所谓无用之用也。"因为榕树树木高大、枝叶繁茂，可以让数亩地都处在阴凉下，人们可以避荫纳凉，所以被大家喜爱。到明末清初时，又有《广东新语》称："榕易高大，广人多植作风水，墟落间榕树多者，地必兴。"

不过榕树的枝繁叶茂却未见得人人爱怜。喜爱者称之为大树底下好乘凉，不爱者只觉昏天暗地，好不凄凉。朱敦儒流落至两广时便有此感，遂作《卜算子》一词：

破晓时分，深山之中传来声声鹧鸪啼鸣。浓重的云雾紧紧笼罩住这条泷州小道。"我"走在泷州路上，只见榕树撑起硕大而浓密的沉沉伞盖，更有青青荔枝高悬，百尺桄榔直插云霄，仿佛置身于一片阴沉之中。

"我"在这条小径上逗留了整整一日，却都不曾有其他行人路过。忽然间，狂风大作，骤雨倾泻，眼前蛮溪更显昏暗，深

山宛若鬼峒,渗出阵阵阴寒。恍惚间,只听远处传来神秘的铜鼓声。

在这首词的开篇,朱敦儒以声声鹧鸪啼将清晨的山谷衬得格外孤寂。接下来,他又极笔写树荫浓密的榕树、高耸入云的桄榔树,又是风又是雨,将泷州路笼罩在一片昏暗之中,叫人不禁想起岭南传闻多瘴气。

所谓一切景语皆情语,词中,朱敦儒目光所至皆是惨淡景色。这与他本人当时的处境关系颇深。朱敦儒,1081年生于官宦世家,字希真,号岩壑,又称伊水老人、洛川先生。他诗词俱佳,享有"词俊"的盛名。观其词,风格显著且多变,其中变化与他的际遇息息相关。他的词风主要可分为早中晚三个时期:早年的他家境优渥,过得放逸潇洒。于是词风呈现浓丽色彩;中年时,由于时局动荡,他被迫背井离乡。此时的他满腹爱国热情,词风变得激昂悲壮;到了晚年致仕后,他回归山林,过上了闲适自得的生活,思想变得消极自放,词风也呈现闲远恬淡。一直到1159年,他因病去世,享年78岁。从这个角度来看,其词集《樵歌》可谓一份完整展现一生波折的自传。

在写《卜算子》这首词时恰逢靖康之乱,朱敦儒南奔至岭南一带。与北国迥异的南国风情落入他的眼中只剩凄凉,于是潺潺流水为蛮溪,幽幽深山似鬼峒,连铜鼓声也让人心中生寒。

无独有偶,当年柳宗元被贬至柳州时,对着满庭榕叶也不禁生出凄凄愁绪，《柳州二月榕叶落尽偶题》诗云："宦情羁思共凄凄，春半如秋意转迷。山城过雨百花尽，榕叶满庭莺乱啼。"

不过抛开境遇与地域带来的偏见，我们不如好好了解一下榕树。榕树是大叶榕、高山榕、细叶榕等多个种类的统称，主要分布在我国南方地区，所以对许多北方人来讲，榕树的形态还是比较陌生的。

在植物分类学上，榕树属于桑科榕属，该属大约有1000种，主要分布在热带、亚热带地区，我国约有100种，无花果、菩提树、黄葛树、薜荔等都是该属中比较知名的种类。

榕属植物十分特殊，它们虽然有很多花朵，但是都被包裹起来隐藏在内部，这种特有的花序形态称作隐头花序。这种花序听起来陌生，但许多人都在日常生活中见过，比如大家熟知的无花果就是典型的隐头花序，食用的无花果正是隐头花序长大之后的样子。

隐头花序到底有什么特别之处呢？打个比方，你有一顶漂亮的毛线帽子，帽子外面装饰着许多的小珠子，当你把帽子从里向外翻过来的时候，那些帽子外面装饰的小珠子都被包裹到帽子里面了。我们只需要把这顶帽子看作植物的花序，把这些珠子看作一朵朵小花，当花序翻过来的时候，原本生长在外面的小花，被包裹在了花序里面，这就是隐头花序的形态。无花果，也因此

榕树　木本植物

① 果枝
② 榕果
③ 气生根

榕树
有根的地方就有家

179

而得名，其实并不是无花果没有花，只是将花藏在了里面，看不见而已。当常见的桃、李、杏等植物，尽可能地把花朵生得硕大、扮得艳丽的时候，榕属植物则选择将自己的花朵隐藏起来，这正是隐头花序的特别之处。

榕树就是典型的隐头花序，之所以如此，是因为榕树和一种叫榕小蜂的昆虫之间达成了独特的传粉协议，不再需要打扮得花枝招展来招揽其他传粉昆虫了。

榕小蜂的个头很小，体长仅有几个毫米，它可以从隐头花序顶端的小孔进入花序内部。这个小孔是榕树专门为榕小蜂预留的进出通道，里面螺旋生长着许多薄片，可以阻止其他昆虫进入，而榕小蜂却能够爬进爬出。

以雌雄同株的榕树为例，其隐头花序内部有雌花和雄花两种花。当带着花粉的榕小蜂进入花序内部后，它为一部分雌花授粉，同时在另一部分雌花中产卵，随后死亡。几个月后，授粉的雌花发育形成了果实，而榕小蜂的卵则经过幼虫、蛹的阶段，同步羽化出新一代榕小蜂。此时，花序内的雄花恰好发育成熟并释放出花粉，就这样新羽化的榕小蜂满带花粉从小孔钻出，开始了新的一轮循环。榕小蜂为榕树传粉，而榕树为榕小蜂提供繁育后代的场所和食物，两者在长期的进化过程中形成了完美的互惠互利关系，而且随着研究的深入，科学家发现榕树和榕小蜂之间的关

系不只如此简单,而是有着更为复杂而多样的关系,需要不断地去探索发现。

说起榕树,不得不提到一个城市,那就是福建省福州市,该市因为广泛种植榕树被称为榕城。我国还有一座蓉城,是指四川省成都市,不过此蓉城非彼榕城,成都市因为历史上城中遍植木芙蓉,被称为蓉城。福州市种植榕树的历史十分悠久,早在北宋的《太平寰宇记》中就有对榕树的记载,"其大十围,凌冬不凋,郡城中独盛,故号榕城",也就是说,早在一千年前,福州市已经因榕树遍布而有了榕城的称号。在福州的历史上,提倡栽植榕树功劳最大的当数宋代的福州太守张伯玉,他发现城中百姓饱受水涝、酷热的危害,便制定了"编户植榕"的政策,发动百姓按户深挖沟渠,栽植榕树,不久福州市便呈现出"绿荫满城,行者自不张盖"的盛景。在福州国家森林公园内,还保留着一棵千年古榕,其胸围约9米,树冠投影面积约1300平方米,虬枝苍劲,遮天蔽日,相传此树正是张伯玉"编户植榕"时所植。如今,福州市到处都能看到榕树的身影,枝繁叶茂,绿荫广盖,成为福州市最靓丽的风景线之一,榕树不仅被确定为福州市的市树,还成了福建省的省树。

榕树之所以受到人们如此喜爱,其中很大原因是榕树有着极强的生命力,树冠巨大如盖,根系盘结似龙。据记载,榕树最早写作"榕树",因为人们认为这种树树干疙里疙瘩,没法做木材,便以"庸"为名,取"平庸、没有作为"的意思,但也有人认为这种树木树冠十分宽阔,容量甚大,用"容"作为名字更合适,称榕树,后来便流传开来。而榕树顽强的生命力,得益于它的一个特殊结构——气生根。

一般情况下,植物的根是生长在土壤里的,但有些植物的根生长在地面以上,暴露在空气之中,这种特殊的根就叫气生根。榕树的气生根十分发达,它们从枝条上萌发出来,向下慢慢生长,初生较细,逐渐增粗,亦多分支,所以经常可以看到榕树上悬垂下来一束一束的气生根,或粗或细,或长或短,微风拂来的时候会轻轻飘动,如帘似瀑,更有人形象地比喻这是榕树长出了胡子。千万别小看这些看似柔柔弱弱的气生根,一旦它们接触到地面,扎根进了土壤,就会很快长粗变硬,不仅如同一个个立柱对榕树向外扩展的枝条起到支撑作用,还可以帮助榕树吸收更多的水分和营养,而且榕树万一主根受损,也不会有性命之忧,因为这些落地的气生根完全可以代替主根发挥作用。正是在气生根的帮助下,榕树的树体生长得更快速,树冠扩张得更宽广,原本一棵独立的榕树,经过一段时间的生长,便会扩散蔓延成一大片,树根和主干交织在一起难以分清,看上去就像一片树林,这就是榕树独木成林的秘密。

关于榕树独木成林的描述，最知名的莫过于巴金先生笔下的《鸟的天堂》。1933年，巴金到广东省江门市新会区看望朋友，在这期间坐船探访了美丽的"南国的树"——榕树，随后写下散文《鸟的天堂》，让每一个没有见过榕树的人一饱眼福，他写道："这是许多棵茂盛的榕树，但是我看不出树干在什么地方。我说许多棵榕树的时候，我的错误马上就给朋友们纠正了，一个朋友说那里只有一棵榕树，另一个朋友说那里的榕树是两棵。我见过不少的大榕树，但是像这样大的榕树我却是第一次看见。我们的船渐渐地逼近榕树了。我有了机会看见它的真面目：是一棵大树，有着数不清的丫枝，枝上又生根，有许多根一直垂到地上，进了泥土里。"这棵巨大的榕树之所以被称作"鸟的天堂"，是因为由一棵树而形成的这片树林之中，栖息着数量众多、种类丰富的鸟类，这里是它们的天堂。通过文字，我们依然能感受到作者当时看到榕树时的震撼，一棵树，变成一片林，变成一个庞大的生态系统，这种生命力带来的震撼，大概只有榕树能展现了吧。

如今城市中的人们见多了高楼林立，习惯了空调送凉，再忆从前夏日傍晚，村口榕树下，约三两邻里，轻摇蒲扇话家常，近处孩童绕膝闹，远处夏蝉栖枝鸣。或许又是别具一番滋味在心头。

明星 植物档案

榕树（细叶榕）
Ficus microcarpa

纲目科属

双子叶植物纲 荨麻目 桑科 榕属

基本特征

大乔木，高达 15～25 米，胸径达 50 厘米，冠幅广展；老树常有锈褐色气根。

叶薄革质，狭椭圆形，长 4~8 厘米，宽 3~4 厘米。榕果成对腋生或生于已落叶枝叶腋，成熟时黄或微红色，扁球形，直径 6~8 毫米。

雄花、雌花、瘿花同生于一榕果内。瘦果卵圆形。

分布地

台湾、浙江、福建、广东、广西、湖北、贵州、云南等地。

榕树
有根的地方就有家

植物知多少

什么是植物的花序?

有些被子植物的花是单生花,即一朵花单生于枝顶或叶腋,比如玉兰、桃等。

更多的被子植物的花是多朵花按照一定的规律排列在一个总花柄上,称为花序。花序有很多种,例如油菜花的总状花序、向日葵的头状花序、苹果的伞房花序等。

榕树 生长日历

	1月	2月	3月	4月	5月	6月	7月	8月	9月	10月	11月	12月
栽种				●	●	●	●					
开花					●	●						
结果								●	●	●		

注:榕树在每年的4~7月移栽成活率最高,9~10月为成熟期。

［宋］佚名·折枝果图页（局部）

梧桐

与凤凰的不解情缘

破阵子　北宋·晏殊

燕子欲归时节,高楼昨夜西风。
求得人间成小会,试把金尊傍菊丛。
歌长粉面红。
斜日更穿帘幕,微凉渐入梧桐。
多少襟情言不尽,写向蛮笺曲调中。
此情千万重。

若要问中国人喜爱什么树木，那么梧桐必定榜上有名。这种喜好上至达官贵人，下至黎民百姓，皆有之。传说古代民间，人们常将梧桐种在井边。因为他们认为井里有龙，而梧桐可以招来凤凰，如此将梧桐树种植在井边便可看见龙凤呈祥的图景。

不过尽管梧桐本身有如此吉祥的寓意，但到了诗词里，却往往给人营造出一种清冷、萧条的意境。如唐代李白的"摧残梧桐叶，萧飒沙棠枝"，温庭筠的"梧桐树，三更雨，不道离情正苦"，以及白居易的"半死梧桐老病身，重泉一念一伤神"等。连一向多写诗酒生活和悠闲情致的晏殊也在这首《破阵子》中借梧桐将惜别与思念写得万分忧伤：

如今正是燕子归去的时节，昨夜西风吹过高楼。人世有繁华万千，而"我"唯愿得一小聚，届时倚着秋菊高举金樽，彼此谈笑晏晏，听歌声悠长，扬起一张张绯红脸颊。

可惜眼下只剩一缕斜阳穿过浮动的幕帘，洒下一地金黄。秋意渐浓，微微凉意悄然沁入梧桐。"我"心中多少痴心情话，却终究难以一一倾诉，只能谱写进词曲之中。你可知我的这份情是如此深重！

这首词中，词人以秋日为背景，先写一场欢愉的聚会，再用一道斜阳与微微凉意为这场聚会收尾，道出一片依依别情。这首词选自《珠玉词》，它延续了词人一贯的婉丽词风。同样收录于这本词集内的《浣溪沙·春恨词》有世人传颂的千古佳句"无可奈何花落去,似曾相识燕归来"。

词人晏殊,字同叔,抚州临川(今江西南昌)人。他生于991年,自幼敏而好学,有神童之称,14岁时就得赐同进士出身。步入仕途后更是平步青云,历任要职,官至宰相。1055年,晏殊因病去世,获赠司空兼侍中,谥号"元献",世称"晏元献"。

据推测这首《破阵子》大约写于1033年后,彼时晏殊因事开罪宋仁宗而被贬,心中自是落寞,在参加一场聚会的席间代歌妓述事言情而作。词里"燕子""菊丛""梧桐""斜日""西风"皆为意象,它们共同营造出了一个既寂寥又美丽的秋日景象。

其中的"梧桐",也称中国梧桐、青桐、井桐等,是梧桐科梧桐属植物。我国梧桐科植物有80余种,主要分布在华南和西南各省,以云南最盛,其分布范围一般不超过长江以北,只有梧桐属植物可栽培至华北和西北地区。

梧桐为落叶乔木,高达16米,树皮光滑且呈青绿色,和其他树木明显不同,故也被称作青桐;叶片为掌状,3~5裂;花是淡黄绿色的;蓇葖(gū tū)果(果实的一种)为膜质,成熟前开裂成叶状,这也是梧桐的特别之处。目前,梧桐产自我国南北各省,多为人工栽培。

宋词寻芳记

梧桐　木本植物

① 花　　② 果实　　③ 叶（背面）　　④ 叶（正面）
⑤ 种子　⑥⑦ 成熟开裂后带种子的蓇葖果

梧桐
与凤凰的不解情缘

梧桐树干笔直,高大挺拔,在古人眼中是一种祥瑞之木,并将它和同样象征吉祥的凤凰联系在一起。《诗经·大雅·卷阿》中就有诗句:"凤凰鸣矣,于彼高岗。梧桐生矣,于彼朝阳。"《庄子》中也有描述"(凤凰)非梧桐不止,非练实不食,非醴泉不饮。"所谓"良禽择木而栖",人们都相信凤凰这种神鸟除了梧桐树是不会栖息的,认为"栽下梧桐树,自有凤凰来",故常在庭院之中栽种梧桐树,一方面绿化美化了庭院,另一方面又有着栽桐引凤的美好寓意。

梧桐自此成为古人生活中常见的一种树木,"无言独上西楼,月如钩,寂寞梧桐深院锁清秋""梧桐更兼细雨,到黄昏,点点滴滴"……在众多优美的诗句中,都能看到梧桐的身影。

历史上还有"桐叶封弟"的典故。据记载,周成王和弟弟叔虞一起玩耍,他随手捡起地上的梧桐叶,削成玉圭的样子送给弟弟,并说:"我拿这个分封你。"周公听到这个消息后,便请周成王进行分封,周成王说是和弟弟闹着玩的,周公便答道:"天子无戏言。"最后周成王只好给弟弟分封了土地。

古人还认为梧桐树可以知道时节。相传,梧桐树的枝头一般生长12枚叶片,从下往上分别对应1月到12月,如果遇到有闰月的年份,就会多生1枚比较小的叶片,观察其位置就能知道闰几月,此外在立秋的当天,时辰一到就会有1枚叶片自动凋落,这正是"梧桐一叶落,天下尽知秋"。其实,早在西汉《淮南子》中就有"见一叶落而知岁之将暮"的说法。唐朝也有诗句："山僧不解数甲子，一叶落知天下秋。"意思是以小见大、见微知著，从一片树叶凋落就感知到秋天的到来。后来便和梧桐联系了起来，有了"梧桐一叶而天下知秋"的说法，这大概是因为梧桐树十分常见，叶子宽大，加上秋季到来时，叶片落得比较早吧。

梧桐的木材相对轻软，不易变形，是古人制作乐器和木匣的良材。中国古代四大名琴之一的焦尾正是用梧桐木制作而成。据记载，东汉著名文学家蔡邕，精通音律，有一次，他见有人用梧桐木生火做饭，听到梧桐木在火中发出噼噼啪啪的声音，便断定这是一块制琴的好材料，赶紧救下梧桐木，制作成琴，果然用此琴弹出的音乐美妙绝伦，因为这张琴的尾部还有烧焦的痕迹，所以人们将其称为焦尾琴，后来用焦尾、焦桐泛指好琴。现存于北京故宫博物院的唐朝古琴——九霄环佩，正是用梧桐做面，杉木为底制作而成，曾为黄庭坚、苏轼所收藏。在这把琴底龙池左侧刻有黄庭坚赞语行书："超迹苍霄，逍遥太极。庭坚。"琴足上方刻有苏轼赞语行书："蔼蔼春风细，琅琅环珮音。垂帘新燕语，苍海老龙吟。苏轼记。"该琴已在漫长岁月中度过千年，如今如果能弹奏它，想必琴声更显恬静松透、悠远沉厚。

梧桐果实接近成熟的时候，5枚蓇葖果会自然开裂，果皮呈叶片状，形似家中的小汤勺，也像小船，而圆形的梧桐种子就生

梧桐
与凤凰的不解情缘

长在"叶片"的边缘,老百姓形象地将其称为瓢儿果、瓢羹籽、船果等。从植物进化角度来讲,花其实是适应于繁殖功能的变态的枝条,而花萼、花瓣、雄蕊、雌蕊等花的各部分都是变态的叶片,所以要理解植物如何从叶片进化出花果,看梧桐的果实就知道了。梧桐子看上去和花椒差不多大小,圆圆的,富含油脂,炒熟可食,亦可榨油。在过去,梧桐子可是孩子们十分喜欢的零食之一,他们将树下的梧桐子收集起来,简单炒熟,就成为一道美味,吃起来又香又油。

成熟的梧桐果

在日常生活中，还有两种树木也常被叫作梧桐，相互混淆，一种是悬铃木科的法桐，另一种是玄参科的泡桐。

法桐，也称悬铃木，属于悬铃木科悬铃木属植物。因为其叶子形状和梧桐十分相似，在十九世纪末，上海法国租界从国外成批量引入栽植，因而称作法国梧桐，简称法桐。所以，法桐并不是植物分类学上的名称，它至少包括了二球悬铃木、三球悬铃木两种植物，"二球""三球"指果枝上球状果序的数量，二球悬铃木常为 2 个果球，三球悬铃木常为 3 个果球，以此可以粗略区分。法桐为落叶大乔木，高度可达 30 多米，叶子宽大，其果序呈球状，和梧桐容易区分。由于法桐树形雄伟高大，叶大荫浓，适应性强，生长迅速，是世界著名的优良行道树种，有"行道树之王"的美誉。

泡桐，是玄参科泡桐属植物的统称。其高可达 20 多米，叶大而有长柄，花冠呈漏斗形，个头大，颜色为白色或淡紫色，果实为卵圆形，和梧桐、法桐明显不同。泡桐生长迅速，材质轻软，因此得名泡桐，"泡"即虚而松软之意。尽管木质松软，但泡桐生长迅速，木材轻韧，具有很强的防潮隔热性能，导音性好，不翘不裂，纹理美观，易于加工，因此有着十分广泛的应用。泡桐原产我国，在我国栽培历史悠久，《尔雅》《桐谱》《本草纲目》《齐民要术》等古籍中均有相关记载，内容涵盖泡桐的形态、栽培、材性及加工利用等多个方面。也正因为如此，人们通常最容易混淆泡桐和梧桐。例如有人认为《诗经》中的梧桐其实是两种树木,"梧"指梧桐,而"桐"指泡桐,后来才逐渐混淆不分;也有人认为制琴的桐木指泡桐,而非梧桐。

南京广泛种植的梧桐树,即法桐,已经成为这座城市独树一帜的名片,引得许多游客驻足观赏。它们以自己雄伟的姿态和独特的魅力屹立于四季的轮回之中。无论是春天的嫩绿新叶,夏天的浓荫蔽日,还是秋天的金黄落叶,甚至是冬天的坚韧枝干,无不彰显着梧桐独特的姿态,展示着生命的力量与美丽。

宋词寻芳记

明星 植物档案

纲目科属

双子叶植物纲 锦葵目
梧桐科 梧桐属

基本特征

梧桐
Firmiana platanifolia

落叶乔木，高达16米；树皮青绿色，平滑。
叶心形，掌状，3~5裂，直径15~30厘米。

圆锥花序顶生，长约20~50厘米，花淡黄绿色。

蓇葖果膜质，有柄，成熟前开裂成叶状，长6~11厘米，宽1.5~2.5厘米，每一枚蓇葖果有种子2~4个。

种子圆球形，表面有皱纹，直径约7毫米。

分布地 产自我国南北各省。

宋词里的"秘密"

"词眼"是什么?

词眼,是词的关键字。相当于,现在我们写作文要有主题词一样。"词眼"一词,出自元代陆辅之的《词旨》第六部分,其专论词眼。古人作词,讲究炼字。关键字眼炼得好,会使全句神采飞扬,也立刻让读词的人准确抓住这首词所表达的情感。近代词学大家王国维在《人间词话》中将"词眼"讲得更透彻。他说:"'红杏枝头春意闹',着一'闹'字而境界全出。'云破月来花弄影',着一'弄'字而境界全出矣。"北宋宋祁的《玉楼春》词中"红杏枝头春意闹",一个"闹"字,喜气热闹的感觉立刻浮现在眼前。北宋张先的《天仙子》词中"云破月来花弄影",一个"弄"字,拟人的鲜活形态让全词灵动起来。

因此,会不会作词,要看能不能写出一个好的词眼。

看到这里,请你试着回到本篇词中,找一找这首词的词眼是什么?

梧桐生长日历

	1月	2月	3月	4月	5月	6月	7月	8月	9月	10月	11月	12月
栽种			●	●								
开花						●	●					
结果									●	●		

［宋］鲁宗贵·吉祥多子图（局部）

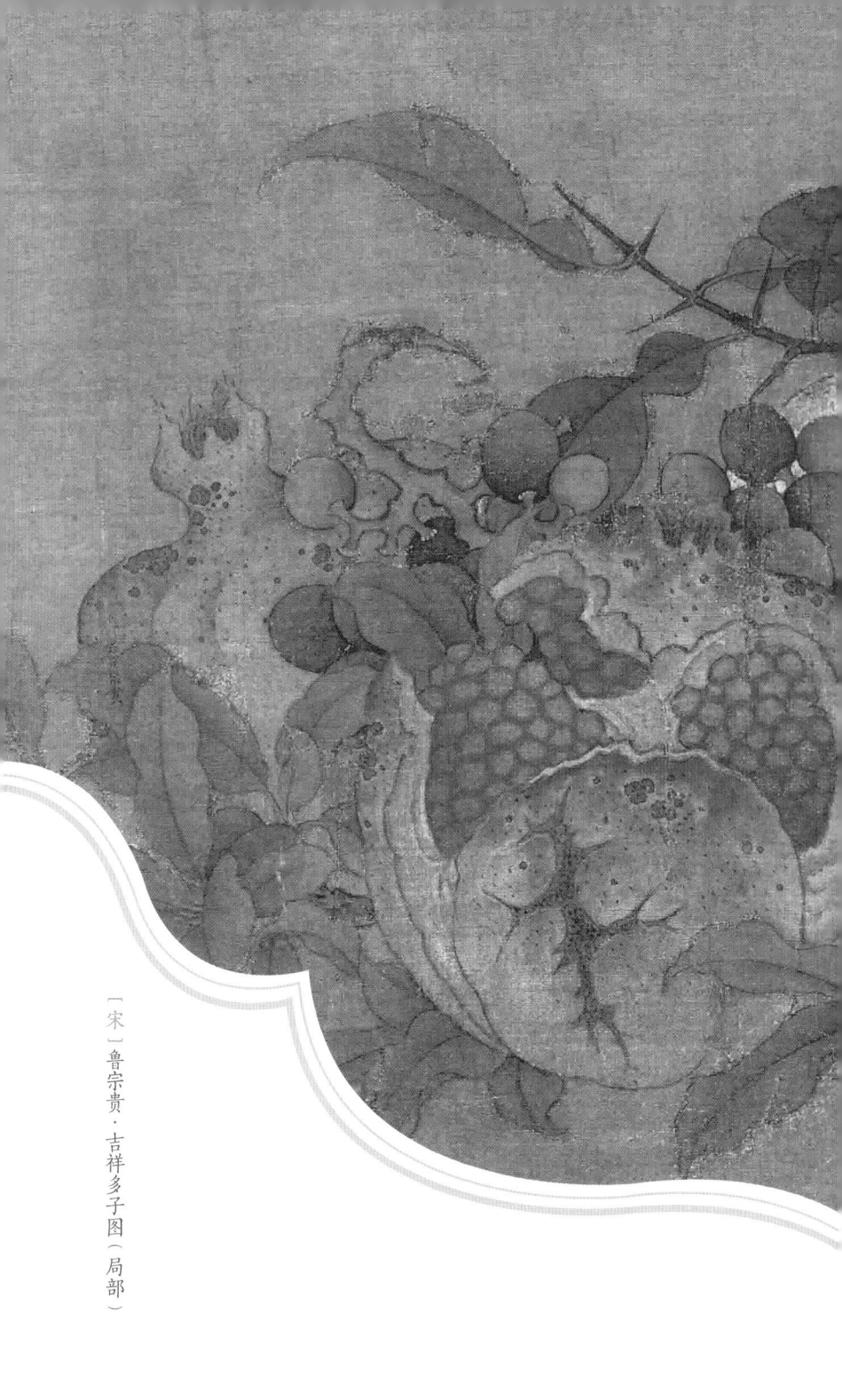

石榴

西域传入的风味

南歌子　　北宋·苏轼

紫陌寻春去,红尘拂面来。无人不道看花回。惟见石榴新蕊、一枝开。

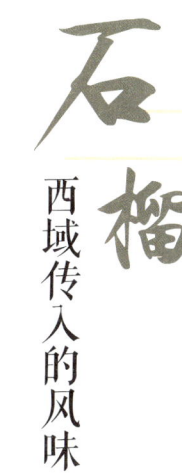

冰簟堆云髻,金尊滟玉醅。绿阴青子莫相催。留取红巾千点、照池台。

在一众花果中,石榴花无疑是最热烈、最耀眼的那一抹红。杜牧曾以《山石榴》为题,写诗:"似火山榴映小山,繁中能薄艳中闲。一朵佳人玉钗上,只疑烧却翠云鬟。"其中那个"烧"字将石榴花的红火与奔放描绘得淋漓尽致,仿佛那石榴花瓣正在熊熊燃烧,映红了半边天。

而苏轼在这首《南歌子·暮春》词中,亦对石榴花情有独钟。在他的笔下,千娇百媚的石榴花与美人相映成趣:

行走在郊野的道路上,探寻春天的踪迹。迎面扑来的是繁华尘世的气息。如此大好春光下,人们纷纷外出赏花,归来时无不谈论着花儿的美丽。而"我"却从万紫千红中一眼瞧见那石榴树上刚冒出崭新的花蕾,它一枝独秀地绽放着。

画面切换,又见一名女子半卧冰凉的竹席上,她的发髻如云朵一般高高堆起,手中金色的酒杯里装满了晶莹的美酒。不远处,绿叶与青色的果实好似相互催促着生长。唯有石榴花那红色的花瓣星星点点地点染着池塘和亭台。

这首词中,词人以春天为引,以石榴花和女子为主角,通过细腻的描绘、生动形象的比喻以及灵动的拟人手法,将春日的美好与女子的优雅淋漓尽致地展现在我们眼前。尤其那句"绿阴青子相催,留取红巾千点、照池台",更是用绿叶将石榴花衬得格外鲜明,更突出春日的勃勃生机。

石榴,俗称安石榴、山力叶、丹若、若榴、涂林、金罂等名,

石榴
西域传入的风味

是石榴科石榴属的落叶灌木或小乔木，通常 3~5 米高。石榴的叶子为对生，花开较大，常常 1~5 朵着生在枝条之上。它的花萼厚实呈革质，而花瓣轻薄褶皱如纱，常呈现红色、黄色或白色；石榴的果实接近球形，直径可达 5~12 厘米，里面种子繁多不可计数。石榴原产巴尔干半岛至伊朗及其邻近地区，现全世界的温带和热带广泛种植，我国南北均有栽培。

关于石榴引入我国的时间和路径，学术界有不同看法，但一般认为，石榴是汉武帝时期经西域传入我国内地的，距今已有 2100 余年。石榴在古代称作安石榴。西晋陆机的《与陆云书》中记载："张骞为汉使外国十八年，得涂林，安石榴也。"西晋张华的《博物志》亦记载："汉张骞出使西域，得涂林（安石国榴种）以归，故名安石榴。"涂林是梵语石榴的音译，安石榴则是因产自安石国而得名。明代李时珍的《本草纲目》有云："榴者，瘤也，丹实垂垂如赘瘤也。"就是说"榴"其实指石榴的果实形态，冠以原产地而得名安石榴，后来慢慢简称石榴。

石榴的花大而鲜艳，果实圆润而硕大，常作为观赏植物在庭园、景区等地栽植，人们将这类主要用于观花观果的石榴称为花石榴。传统石榴以红石榴居多，初夏开花，绿叶浓郁，红花艳丽，而且花朵多、花期长，"榴花开欲燃""榴花开似火"正是说的这一盛景。

石榴花萼形状若钟，质地厚实，小孩子常捡拾凋落的花，将细长的木棍扎在花上，举在手中玩耍，不亦乐乎。如今的花石榴，株型有普通和矮生之分，花瓣有单瓣、重瓣之分，花色有红色、黄色、白色或相间花色，品种众多，异常美丽，包括重瓣红石榴、白石榴、黄石榴、玛瑙石榴、重瓣白石榴、月季石榴、墨石榴等。此外，石榴还可以做成盆景，老桩嫩叶，丹果压枝，别有一番韵味。

随后，石榴花结出圆乎乎的小石榴果，历经夏秋，一直挂在树梢，亦美丽可人。

石榴花

石榴
西域传入的风味

石榴果秋季成熟，果皮常黄色染红，彻底成熟时自动开裂，露出红玛瑙一样的种子，一颗紧挨着一颗。这便是美味的水果，人们把主要用于食用的石榴称为果石榴。果石榴按照味道分为酸石榴和甜石榴，一般酸的入药，甜的作水果食用。酸石榴味道酸烈，大多数人无法承受，常做药用，以果皮入药称为石榴皮。

甜石榴则被广泛鲜食，主要的食用部分是石榴种子的外种皮，颜色有红色，亦有白色，以红色最受欢迎。剥取一把甜石榴送入口中，种皮破裂而迸出汁液，甘甜而清香，令人回味无穷。宋代杨万里作《石榴》一诗："雾縠（hú）作房珠作骨，水精为醴玉为浆。"写出了石榴入口如琼浆甘露的美味。在我国，陕西临潼、云南蒙自、四川会理等多地的石榴都颇具名气。

由于石榴的种子很小，又有籽，许多人觉得吃起来不过瘾，于是想着是否可以培育出无籽石榴？遗憾的是，石榴的食用部分就是种子的外种皮，如果种子里坚硬的籽完全消失，可食用的外种皮也将无处依存。但是通过不断培育，人们可以将种子里的籽变得又小又软，从而增加可食用性。目前市场上畅销的突尼斯软籽石榴，于1986年从突尼斯引入，经过多年培育，在我国已经颇具种植规模，具有成熟早、籽粒大、色泽鲜、果个大等优点，特别是籽非常软，可以食用，深受人们喜爱。

一些人还为如何剥石榴而苦恼，如果直接用刀切开，只能使籽破汁流，其实，剥石榴需要一点点技巧。先用小刀从果实顶部外围划一圈，轻轻一掰，将上面的盖子拿掉，露出内部的结构；仔细观察的话，可以发现果实外部凸起的棱，正好和里面黄色的分割膜相对应，所以只需要沿着棱将果皮浅浅地一一划开，用手一掰，便可以完整地将石榴剥开了。

曹魏时期的曹植写有一首《弃妇诗》，诗中描述石榴："石榴植前庭，绿叶摇缥青。丹华灼烈烈，璀彩有光荣。"石榴树不但长得美丽，而且在传统的观念里，它的花朵红艳，象征着红红火火、繁荣兴旺；果实多子，象征着人丁兴旺、子孙满堂，因此人们将石榴看作是富贵、吉祥、繁荣的象征，常常在自家庭院中种植石榴树，在许多诗词、画作、雕刻中都能看到石榴的身影。例如《榴开百子》是传统的吉祥图案，其中石榴成熟，自然裂开，露出颗颗饱满的种子，人们借石榴多籽，寓意多子多福。

人们常说的"拜倒在石榴裙下"，是不是和石榴有关呢？石榴裙是唐代流行的一种服饰，其颜色红艳，如同石榴的红花一般，故而称作石榴裙。亦有人说，石榴裙因用石榴花染色而成得名，并不可信。石榴裙本意是颜色像石榴花一样红的裙子，因为深受女子喜爱，穿的女子多了，逐渐便成了女子的代称。"拜倒在石榴裙下"的意思是为女子的才貌所倾倒。相传，杨贵妃十分喜爱石榴花，也喜欢穿着石榴裙。每当石榴花开，唐明皇便邀杨贵妃赏花饮酒，不务朝政，大臣们敢怒不敢言，只能在见到杨贵

石榴
西域传入的风味

妃时拒绝跪拜。唐明皇知道后，下旨称见贵妃不跪拜者严惩，此后大臣们见到身着石榴裙的杨贵妃，只得纷纷下跪施礼，后来便有了"拜倒在石榴裙下"的俗语。

番石榴是大家熟知的一种热带水果，因为和石榴果实形态相似而得名，但番石榴是桃金娘科番石榴属植物，和石榴其实关系不大。植物名称中带"番"字的，往往是外来引进的种类，例如番茄、番薯、番木瓜、番荔枝等，在命名这些外来植物时，一般都是找一个本土形态相似的植物，冠以"番"字形成新名。番石榴也不例外，它原产南美洲，大约在17世纪末传入我国，目前在南方多地有栽培。

据传驱邪除魔的钟馗生于农历五月，此时正值石榴花开。于是古代人们将他称作石榴花的花神，并因此认为石榴花具有辟攘邪气的功效，遂将石榴花与菖蒲、艾草、蒜头、龙船花一同列为"天中五瑞"。此后每逢端午节至，人们就通过悬挂和佩戴这些祥瑞之物以求平安健康、驱邪避害。

如今，许多传统人家的家中仍种着石榴树，或许是取它多子多福的好意头，寄托家庭繁荣、子孙满堂的美好愿景；或许是取那火红的石榴花和饱满的果实，为庭院增添一抹亮丽的色彩；又或许是取它驱邪避害的功效，以祈祷平安健康。无论怎样，每当夏天的风拂过，石榴树便能摇曳生姿，直叫人心情愉悦。

宋词寻芳记

明星 植物档案

石榴
Punica granatum

纲目科属

双子叶植物纲 桃金娘目
石榴科 石榴属

基本特征

落叶灌木或乔木，高通常 3~5 米，少数可达 10 米，枝顶常成尖锐长刺。叶通常对生，纸质，矩圆状披针形，长 2~9 厘米。

花大，1~5 朵生枝顶；萼筒长 2~3 厘米，通常红色或淡黄色；花瓣通常大，红色、黄色或白色，长 1.5~3 厘米，宽 1~2 厘米。

浆果近球形，直径 5~12 厘米，通常为淡黄褐色或淡黄绿色，以及紫红色、白色等。

种子多数，钝角形，红色至乳白色，肉质的外种皮供食用。

分布地

原产巴尔干半岛至伊朗及其邻近地区，全世界的温带和热带都有种植。

宋词里的"秘密"

"婉约派"与"豪放派"

宋词主要有两大风格流派:婉约派与豪放派。"豪放""婉约"之说最早见于《诗余图谱》:"词体大略有二:一体婉约,一体豪放。婉约者欲其辞情酝藉,豪放者欲其气象恢弘。"

婉约派:主要内容侧重儿女风情。结构深细缜密,重视音律谐婉,语言圆润,清新绮丽,具有一种柔婉之美。内容比较狭窄。当时的词人多以婉约派为词之"正宗"。代表人物有李清照、柳永、晏殊等人。

豪放派:从苏轼开始,词的创作视野变得广阔,气象恢宏雄放。他喜用写诗文的方式写词,语词宏博,用典故较多,不拘泥于音律。这就形成了豪放词的主要风格,代表人物有苏轼、黄庭坚、晁补之、贺铸等人。在靖康之难以后,经过家国之痛的南宋文人,多选择豪放派的风格创作词,以表达爱国之情。

石榴 生长日历

	1月	2月	3月	4月	5月	6月	7月	8月	9月	10月	11月	12月
栽种			●	●					●	●		
开花					●	●						
结果									●	●		

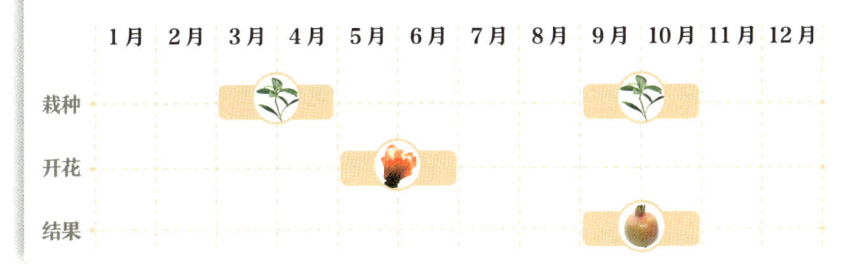

〔宋〕佚名·柳院消暑图页（局部）

杏

盼花期，误花期

定风波　北宋·黄庭坚

小院难图云雨期。幽欢浑待赏花时。
到得春来君却去。相误。
不须言语泪双垂。
密约尊前难嘱付。偷顾。
手搓金橘敛双眉。庭榭清风明月媚。须记。
归时莫待杏花飞。

杏花从来多绚烂，所以叶绍翁才能有那一句"春色满园关不住，一枝红杏出墙来"。只消一枝杏花便能预见一园美景，虽游园不值，却不至于败兴而归。

只可惜春光一贯留不住，花儿娇艳，花期却短。春来时自是满心欢喜，心心念念盼着望尽春好处，赏尽人间繁花。但转念细想又怕芬芳散，于是春还未去，愁便上了心头。黄庭坚在《定风波》一词中便以一名闺中女子的视角，将这份从盼花期共赏到怕误花期的情愫写得淋漓尽致：

小院在云雨笼罩中如梦如幻，一如情人间浪漫旖旎却难以言述的相会。女子心中静静等待着，期盼着与心上人共赏花开之时。然而真盼到春日来临，爱人却要离去。彼此错过的遗憾萦绕心头，还未等开口述说，便已是泪水盈盈。

回忆如泡沫一般消散，女子的视线又回到眼前。举着酒杯与心上人说着悄悄话。此时的她思绪万千，只能于酒酣耳热中将那人望进心里。可纵然不舍，离愁不从口中吐出，那离别的愁绪也会从难松的眉头间、不断搓弄金橘的手中泄露。

清风徐徐吹过庭院榭台，明月皎皎洒下一层薄纱。双手将那小小金橘来回搓玩，却难消重重心事，愁上眉梢。如此良辰美景只愿对方能牢记于心。一定要赶在杏花烂漫时归来，莫要蹉跎时光，错过杏花花期。

在这首《定风波》中，黄庭坚以"云雨期"开篇，将相爱

杏
盼花期，误花期

之人多相会写得如梦如幻。而后笔锋一转，由眼前庭院之景牵出有情人间过往的种种甜蜜，没有轰轰烈烈的山盟海誓，只有花前月下的笑意温柔。再一转，期盼与甜蜜皆化为失魂落魄。其中情绪一转再转，可谓跌宕起伏，细致入微，很有黄庭坚的个人风格。

谈及此处，就不得不说说黄庭坚其人。黄庭坚出生于1045年的一个书香门第，字鲁直，号山谷道人，江西分宁（今江西省九江市修水县）人。他自幼才思敏捷，后与苏轼并驾齐驱，同为北宋文坛巨匠，世人并称为"苏黄"。可惜正是这样一个惊才绝艳的文坛之星却因政治立场不同于当政者而在仕途上屡屡受挫，多次被贬。1105年，黄庭坚终未等到官复原职的诏令，在病中凄凉离世。从文学成就来说，黄庭坚的诗词艺术对后世有着深远影响。诗作方面，他被视为"江西诗派"的开山之祖；而词作方面，正如这首《定风波》，他的作品艺术特点鲜明，情感表达深邃。

在《定风波》的上半阕中写有情人之约时，黄庭坚只道"幽欢浑待赏花时"，等到了词末时，他却将归期直指"杏花飞"。这并不是巧合，而是他刻意为之。因为杏花的花期比梅花、樱花稍晚，比桃花、梨花稍早。杏花一般于农历二月开放。这也是为何在中国传统文化中，农历二月会被称为"杏月"。

杏是大家熟知的一种水果。杏树为落叶乔木，高5~8米，叶片为宽卵形或圆卵形。三四月是开花的季节，每一枝茎的顶端单独生出一朵白色或粉色的小花朵，比梅花、樱花稍晚，比桃花、梨花稍早，先开花后长叶，有5枚花瓣，萼片反折。待到杏花落了，枝头生出了果实，那果实多为金黄色的球形，还带着点红晕。剥开一颗果实，露出里面的杏核，杏核为卵形或椭圆形，两侧扁平。

杏树是蔷薇科杏属植物，该科可是一个出产水果的大科，包括多种常见水果，除了杏，还有桃、李、苹果、梨、草莓、樱桃、枇杷、山楂、海棠等许多大家熟知的种类。

杏花

杏

盼花期，误花期

杏树原产中国，栽培历史十分悠久。早在殷商时期的甲骨文中就有关于杏的记载，其甲骨文字形和现今相似，上面一个"木"，下面一个"口"，让人很容易就联系到圆圆的杏子挂在枝头的画面。《黄帝内经》中"五谷为养，五果为助"，其中的"五果"就是指杏、枣、李、栗、桃五种。如今，在新疆伊犁地区仍保留了成片的野生杏林，被认为是全世界栽培杏的原生起源种群，曾对世界栽培杏的进程起到决定性的作用。

目前，杏树栽培范围广泛，品种繁多，如果按照用途来分，可以分为三大类，分别为肉用杏、仁用杏和观赏杏。当然，许多品种兼具以上几种用途，不必多说。

肉用杏，主要特点是果实个大，果肉肥厚，颜色鲜艳，味道甜美，既可以当作水果鲜食，也可以加工食用。全国多地都有具有地方特色的杏品种，如新疆小白杏、敦煌李广杏、陕西大黄杏、宁县曹杏、北京水晶杏等。所谓"麦黄杏熟"，杏成熟较早，是早春的重要水果，颇受人们喜爱。但是，杏的食用远没有像苹果、桃等水果那样广泛，这与杏的保存问题可能有很大关系。

当杏未成熟时，颜色翠绿且味道酸烈，难以入口，但是待它彻底成熟、果肉软糯时，又很快腐败，无法长途运输和长久保存。一般是趁果实初黄尚硬时采摘销售，顾客存放变软后食用，但此时仍是酸味较重，香味不足，风味和在树上熟透的杏子根本无法相提并论。正因为如此，人们除了鲜食，还把肉用杏加工成果脯、果干等，以便于长期保存食用。甘草杏，就是其中一种，它由甘草和杏肉经过特殊加工而成，味道酸甜爽口、清香绵长，是西北地区的特产零食。

仁用杏，主要特点是果实较小，果肉单薄，但种仁肥大，主要用于获取杏仁，既可以药用，也可以食用。杏仁分为苦杏仁和甜杏仁两种，也被相应称作北杏仁和南杏仁。苦杏仁以入药为主，有特异的香气，中医认为其可以降气止咳平喘、润肠通便，常常在止咳类中成药的成分表中看到它的名字。苦杏仁的主要药用成分是苦杏仁苷，其进入人体后能缓慢分解，逐渐产生微量的氢氰酸，能轻度抑制呼吸中枢，使呼吸系统趋于安静，从而表现出明显的止咳平喘的功效，但是过多食用苦杏仁会引起氢氰酸中毒，严重的会因呼吸衰竭致死，因此不能过量食用，特别是未经加工的生苦杏仁。甜杏仁的苦杏仁苷含量很少，可以做食品食用，例如开口杏核就是人们逢年过节食用的坚果之一，也可以熬粥、凉拌或做杏仁露等。苦杏仁经过加工脱苦后，苦杏仁苷含量降低到一定范围，也是可以食用的。

观赏杏，顾名思义，就是主要用作观赏的杏树品种，如垂枝杏、斑叶杏等，不过所有的杏树品种都具有观赏价值，因为杏花本来就漂亮。

杏在中国有长久的种植历史，因此深深地浸入我们生活的每一处。人们用杏脸桃腮、柳眉杏眼形容女子的美貌，用杏月指代杏花开放的农历二月，而杏黄则是我国的传统颜色之一，用来指黄而微红的颜色。

杏林春满、杏林圣手这些成语中的"杏林"是中华传统医学的代名词。相传，三国时期有一个名医叫董奉，医术非常高明，可以起死回生。他居住在山中，每日为人治病，但从来不收取费用，只有一个特殊的要求：凡是经他治愈的病人，都必须在周边栽植杏树。几年过去，山中杏树遍布，郁郁葱葱，成了一片杏林。等到杏子熟了，董奉还将杏换成谷物，用来赈济穷苦百姓。人们为了纪念董奉的高明医术和高尚德行，便将杏林作为医学的代名词。此外，"杏坛"是教育圣地的代名词。杏坛在山东省曲阜市孔庙的大成殿前，相传是孔子讲学的地方，因为周围种植杏树，故而得名。

时光在斗转星移间流转，遥想当年，叶公游园时久叩柴扉不开，却见墙头"一枝春"。那一扇柴扉关不住的何尝只是报春的墙头红杏？它也关不住怕错过花期的殷殷深情，润物无声的师长慈心，悬壶济世救众生的医者仁善，以及天真烂漫的童趣与笑脸。

宋词寻芳记

明星 植物档案

纲目科属

双子叶植物纲 蔷薇目

蔷薇科 杏属

杏
Armeniaca vulgaris

基本特征

乔木，高5~8米，少数可达12米，树冠圆形、扁圆形或长圆形。叶片宽卵形或圆卵形，长5~9厘米，宽4~8厘米，叶柄长2~3.5厘米，基部常具1~6腺体。

花单生，直径2~3厘米，先于叶开放，花梗短，花萼紫绿色，萼片花后反折；花瓣白色或带红色，具短爪；雄蕊约20~45枚。

果实球形，少数可见倒卵形，直径约2.5厘米以上，白色、黄色至黄红色，常具红晕，微被短柔毛，成熟时不开裂。

核卵形或椭圆形，两侧扁平；种仁味苦或甜。

分布地　产自全国各地，多数为栽培，尤以华北、西北和华东地区种植较多，少数地区逸为野生。

植物小词典

金橘：一种连皮带肉吃的水果

金橘是芸香科金橘属植物。通过杂交培育，现代的金橘果肉酸甜，果皮味甘，食用时可以连皮带肉一起吞下，和其他橘子、柑子需要剥皮明显不同。金橘也可以药用，具有理气、解郁、化痰、止渴等功效。此外，金橘四季常青，果实金黄，碧叶金丸，经久不落，是春节期间极好的观赏类盆栽果品。

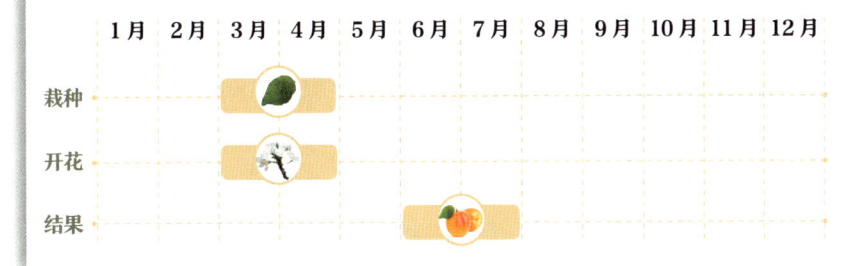

杏 生长日历

	1月	2月	3月	4月	5月	6月	7月	8月	9月	10月	11月	12月
栽种			●									
开花			●									
结果						●						

［宋］佚名·饮茶图（局部）

桃

古老的浪漫与柔情

六州歌头　　南宋·韩元吉

东风着意，先上小桃枝。红粉腻，娇如醉，倚朱扉。记年时。隐映新妆面，临水岸，春将半，云日暖，斜阳转，夹城西。草软沙平，跋马垂杨渡，玉勒争嘶。认蛾眉凝笑，脸薄拂胭脂。绣户曾窥，恨依依。

昔携手处，香如雾，红随步，怨春迟。消瘦损，凭谁问？只花知，泪空垂。旧日堂前燕，和烟雨，又双飞。人自老，春长好，梦佳期。前度刘郎，几许风流地，到也应悲。但茫茫暮霭，目断武陵溪。往事难追。

不知道大家对于桃花的初印象源自什么？是《诗经·周南·桃夭》中那句"桃之夭夭，灼灼其华"，还是崔护《题都城南庄》诗里的"人面桃花相映红"，又或者是千百年来隐士神往的桃花源。但不管如何，桃花在中国人的传统印象里总是象征着美好，所以自古文人墨客也喜欢寄情于桃花。《六州歌头·桃花》就是这样一首作品。

原本《六州歌头》这一词牌音调悲壮，多作吊古词，如《六州歌头·项羽庙》，又如《六州歌头·题岳鄂王庙》，这般种种正应了程大昌所说"闻其歌使人怅慨"。而偏偏韩元吉反其道而行之，以桃花为始终贯穿《六州歌头》，铺就一段旖旎的哀伤情事：

东风仿佛有心偏爱，独独先抚过桃树新枝，惹得桃花竞相破蕾。那朵朵盛放的红粉，艳丽欲滴，宛如斜倚着朱红门扉的娇俏美人。如此美景在前，不免令人想起崔公的那句"人面桃花相映红"，韩元吉何尝不是如此？

娇花入眸总令他忆起旧时与心上人初相遇的场景：碧空之上，云卷云舒，日色和煦，当是春意正浓时。斜桥凌水，信步转至夹城西，只见水畔浅草细软，垂柳依依，美人临水而立，新妆衬着玉颜，隐隐与桃花争艳。勒马回首，耳边是马儿嘶鸣，而眼中却只剩那人倩影，蛾眉如黛，美目盼兮，笑意盈盈，双颊似有红霞。

桃
古老的浪漫与柔情

无奈此次相逢又叫人别离,后虽然也曾四处寻访,可怜佳人难觅,只余愁恨绵绵。

如今重游故地,桃花仍吐芬芳,香气似雾弥漫,一如从前,步履所过之处满是落英缤纷,要怪也只能怪春光迟暮。纵是衣渐宽、人憔悴,又有何人探知关怀?不过是花知人知,徒有泪流。

抬眸望去,旧日于堂前筑巢的燕子成双成对地在朦胧烟雨中穿行。想想,岁月何尝顾惜人之所愿,它就只顾着岁岁年年地催人老去。好在美好春光往而又来,还能盼着佳期如梦而至。

然而纵使如今他如刘郎般重回旧地,过去的风流之地又还能残留几分从前的模样?大概连那桃花见此状也当是为之伤怀。黄昏已至,雾霭沉沉,如梦如幻的武陵溪早已难寻踪迹,至于往事自然也再难重返。

这首词以春日桃花初绽起兴,将眼前花比作娇艳美人,而后由花及人,想起记忆中的那位美人,接着循序渐进地引入与她初相遇时的场景。这里韩元吉用了小半阕的笔墨细腻地描绘了当时的场景。然而时空一转,春光依旧,桃花纷纷,有情人却要别离。这里明显化用了崔护当年的那首《题都城南庄》诗中的句子:"人面不知何处去,桃花依旧笑春风。"物是人非最是惹人伤怀,更何况眼前,春光迟暮,人衰老。本来还想寄希望有佳期,然而桃花凋,梦陡醒,心中所愿终究不得美满,最后不得不叹武陵溪难觅,往事不可追。

观《六州歌头·桃花》全词，从眼前景色到心中回忆，再到所化用的典故，无一不或明或暗地紧扣着桃花推进，既是咏桃花，也是借桃花抒情，让人不由感叹韩元吉的才情与学识。韩元吉，字无咎，号南涧，许昌（今属河南省许昌市）人士。他生于1118年，后虽因门荫入仕，但在任时全心为民，深得民心。且韩元吉学识渊博，才华横溢，尤其擅长词作。其词既继承了宋代词学的传统，同时又有所创新，形成了自己独特的风格。他的作品情感真挚，词风多样，既有豪放如《念奴娇·其三·次陆务观见贻念奴娇韵》，又有婉约之韵如这首《六州歌头·桃花》。

不过韩元吉之所以选桃花做全词线索，并不完全因为二人曾在桃花树下携手共游。于万千物中选中桃花，大概因为桃花的植物特性和中国人千年来的"爱桃"情结。

桃是大家熟知的植物，关于桃树、桃花和桃子，可以说得实在太多太多，总感觉不能完全尽兴，只能略挑一二。

桃树，属于蔷薇科植物，和杏、李、梨、苹果等同为一家。桃树为落叶乔木，高3~8米，树冠宽广而平展；叶片长圆披针形，长7~15厘米，宽2~3.5厘米；叶柄常具1至数枚腺体；花单生，先于叶开放，花瓣5枚，多粉红色；果肉甘甜多汁，核大表面具纵横沟纹。原产我国，现在世界各地均有栽培。

我国从什么时候开始栽培桃树的呢？在《诗经·魏风》中有这样的诗句："园有桃，其实之肴。"说明当时人们已经开始

桃
古老的浪漫与柔情

在果园中栽种桃树，距今至少有 2500 多年了，也有研究认为我国桃树栽培历史可以追溯到 4000 多年前。根据用途，桃树可以分为果桃和花桃两大类，主要用于采摘果实食用的桃树称为果桃，而主要用于观赏桃花的称为花桃。当然，果桃开花也非常漂亮，特别是成片种植的时候，非常具有观赏价值，而且人们最初种植桃树也都是作为果树来种植的。

桃树在春季 3~4 月份开花，比樱花、杏花略晚，开花时新叶已萌发，桃花在嫩绿叶子的衬托下格外娇艳美丽。

"桃之夭夭，灼灼其华。"《诗经·周南·桃夭》中仅用"灼灼"二字，就让我们切实感受到了桃花的美丽。"去年今日此门中，人面桃花相映红。"桃花丛中，美人笑靥如花，这是多么美好的场景啊，难怪诗人看到今非昔比的景色，会生出"人面不知何处去，桃花依旧笑春风"的感慨，仿佛桃花也染上了无尽的悲伤。

这些诗词文中的桃

桃花

花，多半是果桃开的花，其实，在栽培果桃的基础上，人们也一直尝试培育花桃。早在唐代，就有了桃花的重瓣品种——千叶桃，它的花瓣不止5枚，数量更多，花型独特，深受世人喜爱。如今，花桃的品种更多，例如碧桃、撒金碧桃、紫叶桃花、千瓣红桃、单瓣白桃、垂枝桃、鸳鸯桃等，在园林绿化中占据着重要地位。这些花桃，有的结果瘦小，有的压根就不结果，完全就是为了赏花而生。

在众多花桃品种中，必须提一提菊花桃。菊花桃是重瓣花，粉红色，花瓣较细，密集而生，盛开的时候犹如菊花一般，所以命名为菊花桃。加之花朵繁茂，颜色艳

菊花桃

桃
古老的浪漫与柔情

丽,每一个见到它的人,都会被惊艳到再也无法忘却。然而,菊花桃在我国种植经历有些坎坷,它最早在我国清代出现,但随后国内便失传不见,直到二十世纪八十年代才从日本重新引回。

桃子自古是人们喜爱的水果。民间有俗语道:"桃吃饱,杏伤人,李子树下埋死人。"从侧面可以看出人们吃桃子要吃饱,这是一种对桃子的肯定和钟爱。在《西游记》中,天宫就有一座蟠桃园,里面有三片桃林,其中最珍贵的一片桃林"九千年一开花、九千年一结果",人吃了之后可以"与天地齐寿,与日月同长"。其实,古人很早就认为食用桃子可以让人延年益寿,流传着许多关于仙桃增寿的神话传说,久而久之,桃子就成了长寿的象征,例如在寿星的画像中,他的手上总会拿着一枚大大的仙桃。在老年人过生日时,晚辈也会给老人家献上鲜桃祝寿,没鲜桃时就用面粉做成桃子的样子即寿桃,祝愿老人家身体健康,长命百岁。桃子的种类很多,比较有名的有油桃、蟠桃、黄桃、水蜜桃等,其下亦有众多品种,不再赘述。

油桃,和普通桃子满身桃毛不同,它表皮光滑无毛,好像涂了一层油,故而得名。蟠桃,则完全改变了桃子圆圆的外观形象,果体变得扁平,如同烧饼一般。

黄桃,果肉黄色而得名,除了鲜食,还常被制作成罐头,在过去物资匮乏的年代,一瓶黄桃罐头成为让众多孩子眼馋的美味,甚至被传成治病的灵丹妙药。

水蜜桃，顾名思义，就是这种桃子成熟时鲜嫩多汁、甘甜如蜜，只需要轻轻撕去果皮，一口咬下去，嘴里爆满了甘甜的汁液，口鼻瞬间充斥独特的桃子香味，美哉美哉！对于桃子果肉的质地，有人喜欢清脆爽口的脆桃，而有人，特别是老年人和小孩，则喜欢软和多汁的软桃，所好的是桃子种类繁多，且先硬后软，完全可以满足不同人群的喜好。

桃树的木质细腻，香味清新，但桃木被民间赋予了远超本身品质的意义——辟邪。在古代，人们过新年时，常在大门上挂两块桃木板，上面画着门神或者题写门神的名字，叫作桃符，希望可以以此驱鬼辟邪，后来桃符慢慢地脱离了本意，逐渐演变为传达祝福的联语，最终形成了如今的春联。"爆竹声中一岁除，春风送暖入屠苏。千门万户曈曈日，总把新桃换旧符。"这首宋代的《元日》诗中描述的正是当时人们在新年更换桃符的场景。还有人将桃木制成桃木剑，认为有斩妖除魔、辟邪镇宅的功效。至于什么原因、什么时间人们开始迷信桃木的，并没有定论，但可以肯定的是，桃木始终寄托着人们对美好生活的祈愿。

桃树的树干受伤后，会分泌出一种半透明的胶状物质，这是树胶的一种，称桃胶，也有人给它起了一个诗意的名字——桃花泪。桃胶刚分泌出来时软软的，有黏性，自然风干后变成半透明的块状固体，表面光滑，颜色淡黄或黄褐色，有几分类似琥珀。据研究，桃胶主要成分是多糖、蛋白质等，其他物质含量极少。

桃胶可以入药，也有一些人食用桃胶，多炖汤或熬粥，认为有养生之效。

陶渊明的《桃花源记》让桃花从此成为远离世俗，浪漫仙气的代名词。文中描述的桃花源，不仅有桃林美景："忽逢桃花林，夹岸数百步，中无杂树，芳草鲜美，落英缤纷。"更有人们向往的生活："土地平旷，屋舍俨然，有良田美池桑竹之属……黄发垂髫，并怡然自乐。"从此，理想社会有了具体的印象，那便是桃花源。

或许正因为桃全身都是"宝"，又花开得美丽动人惹人怜，所以桃花源也自然成了人们心驰神往的仙境，这种向往在陶渊明的《桃花源记》问世后更是被发挥到了极致，于是此后"桃花源"便成了高洁隐士们所致力追求的神秘乌托邦。这处乌托邦或许在远方，又或许在眼前；或许无处可觅，又或许只在回首处。但至少我们可以在心里种一株桃花，辟一处桃林，自可得桃花飘香，花影撩人。这片心中桃源自会有良田屋舍，阡陌交通，也能饲养鸡犬，采菊东篱。至于韩元吉在《六州歌头·桃花》中所念的那位佳人大概正临溪而立，一切如旧。

若世间真有圆满，大概只在桃花源中了吧！

宋词寻芳记

明星 植物档案

纲目科属

双子叶植物纲

蔷薇目 蔷薇科 桃属

桃

Amygdalus persica

基本特征

落叶乔木，高3~8米，树冠宽广而平展。叶片长圆披针形、椭圆披针形或倒卵状披针形，长7~15厘米，宽2~3.5厘米；叶柄粗壮，长1~2厘米，常具1至数枚腺体。

花单生，先于叶开放，直径2.5~3.5厘米，花瓣5枚，粉红色，罕为白色。

果实形状和大小均有变异，卵形、宽椭圆形或扁圆形，直径5~7厘米或更小、更大，果肉甘甜多汁。

核大，离核或粘核，表面具纵、横沟纹和孔穴；种仁味苦，稀味甜。

分布地　　原产我国，各省区广泛栽培。世界各地均有栽植。

桃
古老的浪漫与柔情

植物 小词典

桃花、杏花、樱花,"傻傻分不清"?

▶ 桃花的花朵单生,花梗极短或几乎无梗,开花时已有新萌发的嫩叶。

杏花的花朵也是单生,花梗极短或几乎无梗,但花瓣白色,萼片紫红色且花后反折,花先叶开放,开花时还看不到嫩叶。◀

▶ 樱花常几朵花一起开放,有明显的花梗,而且花瓣的尖端有明显缺口。

只要抓住这些关键特征,就再也不会对这三种花"傻傻分不清"了。

桃 生长日历

	1月	2月	3月	4月	5月	6月	7月	8月	9月	10月	11月	12月
栽种			●						●			
开花			●									
结果								●				

229